KB091122

내가 사랑하는 빨강

내가 사랑하는 빨강

허윤선

저에게는 별다른 약속이 없으면 함께 점심을 먹기로 암묵적 합의가 된 사무실 동료 둘이 있습니다. 그들은 매운 음식을 무척 좋아해서 딱히 먹고 싶은 것이 떠오르지 않는 날에는 자연스레 마라집으로 향하곤 했습니다. 평소에는 비슷한 고민으로 머리를 맞대다가도, 매운맛 단계를 정하는 그 순간만큼은 확연하게 두 부류가 됩니다. 있는 힘껏 '3단계'를 외치는 자와 '1단계'마저 뒷날을 걱정하는 자. 매운맛에 대한 기준은 달라도 우리는 제법 괜찮은 점심 메이트입니다.

언젠가 눈에 잘 띄지 않는 골목 2층에 자리한 어느 훠궈집을 한번 시도해보기로 했습니다. 외관에서부터 알 수 없는 한자들과 가게 인테리어가 범상치 않아 보입니다. 가본 적 없지만 이것은 필시 현지의 냄새입니다. 강렬한 마라향이 스멀스멀 풍겨오는 계단을 따라 올라가봅니다.

메뉴판에 적힌 '1인 훠궈'에 일동 시선이 꽂히고 맙니다. 지금은 팬데믹 상황. 우리가 같은 사무실에서 일하는 동료로 나눠온 정과는 별개의 마음이 작동합니다. 1인 훠궈 세 개를 끓이려면 1인용 인덕션이 설치된 좌석에 앉아야 하니 자리를 옮기라고 하네요. 테이블에 모여 앉았던 우리는 바 좌석으로 흩어집니다.

세 사람 모두 창밖을 바라보는 방향으로 나란히 앉아 각자의 냄비를 받아 들었습니다. 앙증맞다 싶을 정도로 작지만 정확하게 물결을 그리며 반으로 나뉘어진 훠궈 냄비에 홍탕과 백탕이 채워집니다. 물론 토마토탕 옵션도 있었지요. 그렇게 세 사람은 각기 다른 조합의 훠궈 냄비 앞에서 따로이면서 또 함께인 채로 각자의 식사를 했습니다.

옆의 옆 사람의 목소리가 잘 들리지 않아 가운데 사람이 전달해주는 식으로 세 사람은 식사를 마쳤습니다. 사실 대화가 거의 없는, 오로지 자신 앞에 놓인 냄비에만 집중하는, 그런 30분이었어요. 뒤에서 누군가 우리의 모습을 보았다면 퍽 웃음이 나올 장면 같기도 했습니다.

그러나 우리는 꿈꿉니다. 다시 네모난 테이블에 둘러앉아 커다란 반반 냄비에 모두가 젓가락을 폭 담그며 함께 식사할 그런 날을요. 혼자 먹는 '혼궈'도 집에서 먹는 '홈궈'도 끄떡없는 그녀이지만 이 책을 쓴 훠선생의 조금 더 기쁘고 충만한 인생을 위해서라도 그런 날이 하루빨리 오기를 소망합니다.

Editor 김지향

차례 ————

프롤로그

태초에 마라가 있었다

나는 언제 처음으로 '훠궈'를 먹었을까? 아니, 내가 처음 먹은 '마라'는 무엇이었을까?

추억을 더듬어본다.

지금으로부터 아주 오래전, 동네에 '내맛 샤브샤브'라는 샤브샤브 가게가 생겼다. 유명 연극배우가 하는 음식점이라는 소문이 돌았던 이 샤브샤브집은 개인별 냄비를 제공하는 게 특징이었다. 더 위생적이고, 더 자신의 취향에 맞게 먹을 수 있다는 것이었다. 육수는 두 가지였다. 담백한 육수, 그리고 사천 육수. 즉, 마라였다.

이 새로운 식당에서 가족 외식을 했다. 좋은 평가는 아니었다. 아버지는 샤브샤브 자체가 귀찮다고 하셨다. 사천 육수에서 이상한 향이 난다며 "니 맛도 내 맛도 아니다."는 평을 남겼다. 그 집에 만족한 건 나뿐이었다. 샤브샤브를 원래 좋아했던 데다가, 싱싱한 채소며 마지막에 나오는 쫄깃한 국수가 꽤 맘에 들었다. 요상하게도 나는 니 맛도 내 맛도 아니라는 그 사천 육수가 자꾸 생각이 났다. 그 이후로는 나만 그곳을 찾게 되었다. 친구를 데려가기도 하고,

혼자 먹기도 했다. (나는 예전부터 '혼밥'을 좋아했다.) 그러다 장사가 잘 안 됐는지 '내맛 샤브샤브'는 몇 년 후 문을 닫고 사라졌다.

지금 떠올리면 그 가게의 사천 육수는, 마라를 끓인 것도 아닌 마라의 김을 잠깐 쐬었다가 뺐나 싶을 정도로 아주 미약한 마라였다. 육수에 마라 재료를 헹군 정도로 지극히 가벼웠다. 그래도 대한민국이 마라로 물들기 전, 처음으로 마라를 경험하게 해준 곳이기에 그 샤브샤브집을 소중하게 기억하고 있다. 아무것도 모르는 한국의 시민들에게 마라의 맛을 소개하려고 했던 선구자로 말이다.

지금의 나는 훠궈를 즐기며 친구들로부터 '훠선생'이란 닉네임까지 얻었지만 기억을 타고 타고 오르면 태초엔 그 샤브샤브 가게가 있다. 그 가게가 사라진 이후로 한동안 나는 마라를 먹지 못했다. 그러다 진짜 훠궈를 만나게 되었다. 두둥.

롸잇 타임, 롸잇 띵

인생은 타이밍이 중요하다고 한다. 공부, 사랑, 일, 결혼… 어디에도 잘 붙는다. 언젠가 내가 훠궈 식당을 열게 된다면 가장 큰 글씨로 이 말을 써두고 싶다. "롸잇 타임, 롸잇 띵." 훠궈는 무엇보다 타이밍이다.

영화 〈사랑도 통역이 되나요?〉에서 말이 통하지 않는 도쿄에 방문하게 된 미국인 두 사람은 식사할 곳을 찾는다. 문을 열고 들어간 식당은 하필이면 샤브샤브 식당이었다. 밥(빌 머레이)은 식사가 끝난 후 이렇게 투덜거린다. "최악의 식당이었어, 손님에게 요리를 시키다니." 그 말대로 훠궈와 샤브샤브는 손님이 직접 요리를 하는 음식이다.

대형 훠궈 체인인 '하이디라오'의 경우에는 자리마다 재료들을 가장 맛있게 먹을 수 있는 조리 시간을 붙여놓았다. 소고기 30초, 새우완자 3분, 특제면 2분… 이런 식이다. 모든 국민이 훠궈에 익숙한 중국에는 없을지 모른다. 곰탕의 민족인 한국인들이 훠궈를 하도 곰탕처럼 푹푹 삶아 먹어서 이렇게라도 참고하라는 건 아닌가, 추측하고 있다.

자, 대부분의 한국인은 주문한 훠궈 재료가 나오고 냄비에 담긴 육수가 끓기 시작하면 접시에 담긴 채소의 반 정도를 쏟아 넣는다. 그다음에는 고기의 4분의 1 정도를 쏟아 넣는다. 아직 건져 먹을 게 남았는데도 계속 새 재료를 투하하고 가장 위에 떠오른 것만 건져 먹기를 반복한다. 그럼 어떻게 되냐면, 먼저 집어넣은 재료는 젓가락의 선택을 받지 못한 채 바닥에서 곤죽이 되어간다. 채소로서의 생명력을 잃고… 달리의 시계 그림처럼 그저 흘러내린다…. 그들은 그렇게 재료로서의 소임을 다하지 못하고 조용히 죽어간다…. 나는 이런 훠궈를 생각하면 너무 슬퍼서 도무지 견딜 수가 없다. 적어도 내 훠궈 냄비에서는 있을 수 없는 일이다. 얼마 전에도 친구들과 훠궈를 먹었는데, 친구 하나가 채소를 바구니째 쏟아 넣으려는 게 아닌가. "안 돼!" 나는 마치 떨어지는 바카라의 유리 글래스를 잡는 것처럼 바구니를 잡았다. 그리고 분연하게 일어섰다.

그럼 나는 어떻게 하냐고? 재료가 오면 왼손엔 집게, 오른손에 가위를 잡는다. 배추와 시금치, 청경채 등을 먹기 좋은 크기로 자른다. 분명 덩어리째 나왔을 버섯도 적당히 가르고 쪼갠다. 그 외에도 너무 길거나 너무 큰 재료를 적당히 자른다. 그사이 육수가 끓을 것이다. 그때 가장 먼저 넣어야 할 재료는 '단단한' 재료 또는 '육수에 도움이 되는' 재료이다.

오래 끓여도 좋은 재료는 두부피, 푸주, 두부, 언두부, 감자, 무, 연근, 죽순, 표고 등이다. 건조되거나 얼린 두부, 두부피, 푸주는 오히려 오래 끓이지 않으면 질겨서 맛이 없다. 가장 먼저 넣도록 한다. 감자, 무, 연근도 마찬가지다. 표고버섯, 느타리버섯 등 육수에 도움이 되고 오래 끓여도 맛에 변화가 없는 재료는 먼저 넣어도 좋다. 훠궈 식당의 죽순은 보통 냉동이기에 오래 끓여도 맛에 변화가 없는 재료다. 단, 섬세한 생죽순이라면 마땅히 소고기와 같은 대접을 해야 할 것이다.

오래 끓이면 안 되는 대표적인 재료는 여린 잎을 가진 채소와 오래 끓이면 질겨지는 해산물이다. 그리고 팽이버섯. 시금치, 양상추, 비타민, 치커리 등 대부분의 잎채소는 오래 끓이면 안 된다. 특히 양상추와 시금치 같은 것들은 데친다는 느낌으로, 육수를 살짝 입힌다는 느낌으로 담갔다 바로 꺼내 먹어야 한다. 그렇게 먹는 양상추는 정말 맛있다. 저마다 향과 식감이 그대로 남아 있기 때문이다. 그런데 이걸 오래 끓여버린다? 끓일수록 너도 먹기 싫고 나도 먹기 싫은 형태가 되어간다.

육류, 해산물도 마찬가지다. 중국의 훠궈 식당에서 해산물은 꼬치에 끼워져 나올 때가 많다. 형태를 유지하면서 편하고 빨리 먹기 위함이다. 그렇지 않은 경우는 재료를 잃어버리지 않도록 건지기용 국자 등을 이용해 단시간에 익혀 부드럽게 먹는다. 이렇게 하면 어느 재료도 불쌍하거나 슬프지 않게 훠궈를 먹을 수 있다. 기억하라, 훠궈는 나와 당신이 요리사이다.

타이밍을 생각할 때 슬퍼지는 일이 또 있다. 바로 마감하지 못한 나의 원고다. 내가 에디터가 된 것은 뭐랄까, 글을 쓰면서 살고 싶기는 한데 내게 대단한 재능이 없다는 것을 빨리 깨달았기 때문이다. 기자는 취재를 해서 기사를 완성한다. 비주얼 감각도 기사 못지않게 중요하다. 그러므로 문장으로 겨루는 일만은 아니라는 게 좋았다. 책을 좋아하는 많은 사람들이 그러했듯이, 나 역시 책은 대단한 것이라고 생각하며 살아왔다. 책은 대단한 것이므로 대단한 사람이 써야 한다고.

서점 '위트앤시니컬'을 운영하는 시인 유희경은 그런 내게 처음으로 책을 써보라고 권한 사람이다. "제가 책을요? 제가요?" 당시 모 출판사의 편집자였던 그와 나는 작가로서 처음 '계약'을 했다. 계약까지 하게 된 이유는 단 하나였다. 내가 좋아하는 시인인 그가 내게 "글이 좋다, 글을 잘 쓴다, 기사 아닌 다른 글을 써보아라."라고 말해줬기 때문이다. 기획 에세이가 조금씩 인기를 끌던 5년 전쯤, 그는 내게 혼자 밥 먹는 여성의 미식 에세이를 써보라고 권했고, 나는 예나 지금이나 맛있는 음식을 좋아하고 혼자 잘 먹었다. 당시만 해도 혼자 밥 먹는 일이 조금은 특이하게 느껴졌기 때문에 그의 기획은 옳았다고 생각한다. 그 기획을 위한 원고에도 물론 '훠궈'를 위한 꼭지가 있었다.

첫 책 『그림과 문장들』을 내고 틈틈이 그 글을 썼다. 변수는 나의 소심함과 건강 문제였다. 기자로서만 글을 써왔던 나는 마음을 꺼내 와르르 털어놓는, 개인적인 생활과 감정에 대한 글을 쓸 때면 매번 얼굴이 빨개졌다. 그러던 중 과로로 대상포진에 호되게 걸려 거의 1년을 고생했다. 원고는 65% 상태로 멈춰버렸다. 때때로 다시 써보려고도 해봤지만 5년 전의 나와 지금의 나는 너무 달라진 것만 같아서, 그 원고는 지금까지 그대로 있다. 훠궈 냄비 밑에 가라앉은 채소처럼…. 그 원고들을 생각하면 조금 슬퍼진다.

이번만큼은 나의 훠궈 냄비에서 글을 건져내기로 결심했다. 이 책이 부디 알맞게 익은 양상추가 되었으면 한다. 모든 것에는 알맞은 때가 있다. 훠궈도, 글도.

소스가 먼저다

훠궈 소스를 직접 만들 수도 있다는 걸 처음 알게 된 곳은 베이징의 한 훠궈 식당이었다. 육수를 주문하며 "라더, 불라더!(맵게, 안 맵게! 대충 이렇게 말하면 통한다.)"를 외치고 한숨 돌리고 있으려니 종업원이 작고 동그란 그릇 대여섯 개가 담긴 소스 쟁반을 가지고 왔다.

처음에는 즉석에서 양념을 더해주는 줄 알았다. 국수전골을 먹으러 '한우리'에 갈 때면 앞치마를 두른 여사님들이 긴 젓가락으로 날렵하게 후추며 고춧가루를 넣어 전골의 부족한 간을 채워주듯이 말이다. 하지만 훠궈 식당의 종업원은 한마디 말도 없이 양념통을 내려둔 채 그냥 가버렸을 뿐이다. 작은 양념통에는 다진 마늘, 파, 고수 같은 것이 들어 있었다. 이를 조합해 취향껏 자신의 소스를 만드는 방식이었다.

지금은 나 역시 "제대로 된 훠궈집이라면 반드시 소스 바가 있어야 한다."라고 호언장담하듯 말하지만, 당시에는 훠궈 꼬꼬마 시절이라 언니오빠들을 따라 이것저것 넣어봤던 것 같다. 마늘을 넣고, 참기름을 넣고, 고수 다진 것을 넣고 섞어가면서 말이다.

그렇게 여러 양념통을 전전하며 소스 제조가 끝나면 다시 종업원이 나타나 쟁반을 바로 치워버렸다. 양념통은 그렇게 '거두' 하고 나타나 '절미' 하고 사라졌다.

요즘은 많은 훠궈 가게에서 소스 바를 마련해두고 있지만 예전에는 미리 제조한 소스를 주는 가게가 더 많았다. 땅콩과 참깨를 갈아 만든 마장(즈마장)을 기본으로 송송 썬 파와 다진 마늘을 조금 넣고, 고수는 따로 요청하면 가져다주는 식이었다.

훠궈를 수없이 먹으며 나도 내가 좋아하는 소스 조합을 완성해냈다. 내가 가장 즐겨 먹는 소스는 간장에 고수를 잔뜩, 파와 양파를 약간 넣고 중국 흑식초를 적당히 넣은 것이다. 다진 셀러리가 있는 소스 바라면 셀러리도 넣는다. 간장 소스를 완성한 후에는 다시 새로운 소스 그릇을 들고 다진 마늘에 참기름, 파, 소금을 약간 넣어 참기름 소스도 만든다. 나의 소스라면 항상 이 두 가지가 기본이다. 땅콩의 텁텁한 맛을 별로 좋아하지 않아 마장은 잘 먹지 않는 편이지만 파르르 끓인 홍탕의 고추기름을 걷어서 마늘, 고수, 마장과 잘 섞어 먹어도 맛있다.

그런데 뭐든 말이다, 반복되는 건 지겨움을 낳고 의외의 맛에서 기쁨을 얻는 법. 일산 대화동에 중국인들이 하는 훠궈 식당이 있다 해서 동생 부부와 함께 갔을 때였다. 후기마다 "소스가 정말 맛있다."는 간증이 이어져 궁금하기도 했다. 대체 어떤 소스이길래? 식당 한켠에 아주 터프하게 간이 소스 바가 있었다. 아주머니가 지극히 무심한 표정으로 인원수대로 훠궈 소스를 만들어 가져다주었다. 아주 숙련된 손길이었고, 숟가락을 놀릴 때마다 마치 '휙휙' 소리가 나는 듯해서 한참 지켜보았다.

　　내 앞에 당도한 소스는 역시 마장을 기본으로 추가된 대여섯 가지 재료가 보였다. 젓가락으로 휘휘 저어 혀끝으로 맛을 보니 정말 맛있었다. 맛의 균형이 딱 좋았다. 마장의 고소함에 약간의 매콤함과 감칠맛, 마늘의 향까지 아주 좋았다. 고수(高手)의 조합이란 이런 것일까? 마장에 마늘, 참기름, 파를 넣고 라조장 같은 중국식 고추기름 소스를 적당히 넣은 게 맛의 비결이었다. 그곳에서도 따로 나의 간장 소스를 만들긴 했지만 아주머니의 소스를 한 번 더 요청해 먹었다. 배울 수 있다면 배우고 싶다. 궁금하다면 일산 대화동의 '사천 샤브샤브' 가게에 가 보길. 지금도 영업중이다.

최근 새롭게 맛을 들인 소스는 하이디라오의 '강해천 소스'이다. 직원 레시피라는 설명을 봤을 때 내부 공모이거나, 아니면 직원이 만들어 먹은 게 맛있어서 상품화한 게 아닐까 싶다. 흔히 화장품에 다양한 원료가 들어간 걸 비틀어 '전 지구를 갈아 넣었다'고 표현하는데, 바로 이 강해천 소스에는 지구를 갈아 넣었다 싶게 많은 재료가 들어간다. 재료를 한번 읊어보겠다.

다진 파, 고수, 다진 마늘 1/4스푼
땅콩가루, 태국고추, 고춧가루 1/4스푼
고추 튀긴 기름, 굴소스 1/4스푼
중국 식초, 산초유, 설탕 1/2스푼
참기름 2스푼

보라. 이 소스를 만드는 데 재료가 열두 가지나 필요하다. 분량대로 한번 만들어봤더니 이 소스 역시 아주 맛이 훌륭했다. 굴소스의 감칠맛과 고추의 매운맛이 조화로워서 이후로는 꼭 만들어 먹는다. 이 열두 가지 재료를 우리가 어디서 구하겠나. 여러분도 하이디라오에 간다면 꼭 도전해보길 바란다. 게다가 이름도 맛을 더하는 기분이다. '강해천 소스'라니. 이미 무림 고수의 향기가 느껴진다. 〈의천도룡기〉나 〈절대쌍교〉에 나오는 비기를 가진 인물 같다. 내가 아무리 간장 소스를 배합해 '허윤선 소스'라고 이름 붙인들 강해천 소스만큼의 포스가 없다. 그래도 누군가 허윤선 소스를 시도하겠다고 한다면, 여러분! 중국 식초, 반드시 중국 식초를 티스푼만큼은 넣으십시오.

홍콩에서 한번은 쓰촨에서 왔다는 사람을 만났을 때 쓰촨 지방에서는 어떤 소스를 즐겨 먹는지 물어본 적이 있다. 답은 매우 간단했다. 마장이나 간장이나 '정파'가 아닌 '사파'라는 것이다. 쓰촨 지방 소스의 기본은 참기름으로, 참기름의 기름기와 고소한 맛이 마라의 매운맛을 중화해준다는 이유였다. 참기름을 넉넉하게 부은 뒤 여기에 파, 마늘, 사천고추,

고수를 적당히 섞어 만든 것이 전통적인 소스라고 했다.

　그러고 보니 상하이의 훠궈 식당에 갔을 때 참기름이 소주잔만 한 캔 형태로 주르륵 놓여 있었던 게 떠오른다. 캔에는 남자의 사진이 붙어 있었는데 창업주쯤 되는 것 같았다. 참기름 캔을 따서 부으면 딱 소스 그릇을 채울 만큼의 양이었다. 갓 짠 참기름의 신선하고 고소한 맛을, 거짓 없이 청결하게 느끼라는 뜻이니 그만큼 소스에서 참기름을 중요하게 생각한다는 것이겠다. 그럼 마장은? 소스는 훠궈를 더 맛있게 먹기 위한 것이므로 육수와도 관계가 있다. 참깨를 기본으로 한 즈마장은 몽골, 베이징 지역에서 훠궈를 먹을 때 인기 있는 소스라고.

　여러 사람들과 훠궈를 즐기다 보면 소스 바 앞에서 각자의 성격도 보인다. 어떤 사람들은 그저 맛있게 만들어달라고 하고, 어떤 사람들은 따라할 테니 시범을 보이라고 하고, 어떤 사람들은 처음이지만 자기가 한번 해보겠다고 한다. 난 어느 쪽이든 좋다. 나와 같이 먹어주기만 한다면 말이다.

새벽 4시 45분의 훠궈

보통의 사람들이라면 새벽 4시에 훠궈를 먹겠다는 생각 자체를 하지 않을 게 분명하다. 하지만 새벽 몇시이건 훠궈를 먹는 사람들도 분명 있다.

Monthly Magazine. 매달 19일 발행.

한 달에 한 번 발행되는 잡지를 '월간지'라고 한다. 매거진의 기자 또는 에디터가 된 후부터 나는 야행성이 되었다. 상시 새벽에 귀가를 하는 건 아니다. 일이 익지 않았던 초년생 시절에는 늘 새벽 별을 보며 집에 갔고 더러 회사에서 쪽잠을 청하기도 했지만, 베테랑 소리를 듣는 지금은 어느 시점에 일을 끊고 퇴근할 수 있는 노련함이 생겼다.

그럼에도 내가 어찌할 수 없는 날짜가 있으니, 마감 마지막 날이다. 매거진의 에디터라면 매월 두 번의 마감을 치르게 된다. 하나는 자신의 원고 마감. 배당된 기획의 촬영과 원고를 마감했다면 한숨 돌릴 수 있다. 이걸 '털었다'고 표현한다. 주변의 에디터가 "나 원고 털었다!"고 하면 마음껏 축하해주면 된다. 두 번째는 그 달 책의 최종 마감. 사진 셀렉과 보정 작업, 수정까지 데이터를 확인하고, 아트 디자인을 하고, 교정교열을 보고, 마지막 페이지까지 출력을 보내고, 컬러 교정지를 확인하고, 컬러가 맞지 않으면 몇 번이고 교정지를 뽑고, 배열을 하고, 교정지에 모든 페이지를 적으며 확인하고, 그렇게 해서 이제 더 이상 기자가 할 일은 없고 인쇄소가 할 일만 남은 상태. 그것이 최종 마감이다.

그러므로 마감 마지막 날이라는 건 '마감의 마감의 마감'이다. 생즉사 사즉생… 살고자 하면 죽을 것이고, 죽고자 하면 살 것이며, 끝날 때까지는 끝난 게 아니다. 그리고 무엇보다 그것이 언제인지는 아무도 모른다. 때문에 에디터들이라면 친구와 가족, 연인의 "언제 끝나?"라는 말에 "모르겠어…."라고 답할 수밖에 없다. 30분 만에 끝날 수도 있고 열두 시간이 더 걸릴 수도 있다. 밤 10시에 끝날 수도 있고, 아침 5시에 끝날 수도 있다.

그런 마감을 하고 나면 몹시 피곤해서 어서 눕고 싶기도 하지만, 이미 저녁을 먹은 지 오래된 배가 꼬르륵 소리를 내고, 마감이 끝났다는 기쁨과 희열에 집에 가고 싶지 않은 마음도 있다. 그럴 때는 마감 동지들을 모아서 간다. 훠궈 식당으로. 아무래도 가장 맛있는 건 최후의 마감이 끝난 날의 훠궈다. 그때만큼은 훠궈가 정말 시원하다. 그렇게 시원할 수가 없다. 술을 즐기는 동료들은 맥주 주문을 잊지 않는다. 마감은 끝났고 배불리 먹은 후에는 그저 침대에 쓰러지면 되니까.

하이디라오 강남점은 거의 24시간 운영된다. 내가 가장 좋아하는 시간은 밤 12시 이후이다. 온통 사람들로 북적이던 훠궈 식당은 어느새 한적해져 있다. 나는 이걸 훠궈 새벽반이라고 부른다. 훠궈 레스토랑의 새벽은 어떨 것 같나? 내 친구들 중에는 "한밤중에 훠궈라니, 정말 너무 '헤비'해서 생각만 해도 부담스러워."라고 말할 사람이 절반은 된다. 하지만 정말 신기하게도 끊임없이 사람들이 있다. 다양한 시간대에 방문해봤지만 단 한 테이블도 사람이 없는 때를 적어도 나는 한 번도 보지 못했다. 도란도란 이야기를 나누면서 훠궈를 먹는 두 명의 친구. 영상통화를 하는 것인지, 브이로그를 찍는 것인지, 휴대폰을 거치해두고 이어폰을 낀 채 계속 중얼거리며 훠궈를 먹는 사람. 연습을 마친 듯한 아이돌이 스태프들과 오는 경우도 있다. 구석진 자리에 앉았지만 자신의 소스를 스스로 만드는 모습은 진정한 훠궈인이었다.

서너 명이 한 테이블에서 훠궈를 먹어도 이 시간의 손님들은 다들 조용하다. 훠궈란 건 조금 시끄러운 음식일지도 모른다고 생각했다면 이 새벽반의 훠궈인들을 만나보라. 아주 조용하다. 보글거리는 소리보다 더 큰 소리를 내면 안 된다는 듯이 말이다.

그날도 최후의 마감이었다. 최후의 마감이 끝났는데, 그날만큼은 같이 먹을 동료가 없었다. 그냥 집에 가자니 아무래도 배가 고프다. 차를 돌려 혼자 강남역으로 향했다. 시간은 새벽 4시 45분. 이 시간은 어떨까. 새벽반 사람들도 다들 돌아갔을까.

매장에 들어선 순간 역시 조금은 안도했다. 훠궈를 먹고 있는 사람들이 세 테이블이나 있었다. 나는 1인용 세트를 주문했다. 1인용 세트는 탕 하나, 고기 한 종류, 면, 채소 모둠과 두부 모둠. 소박하지만 혼자 먹기에는 넉넉하다. 다들 어떤 이유로 이 시간에 이곳에서 훠궈를 먹고 있을까? 어디에서 놀다 오셨나요? 어디에서 일하다 오셨나요? 나 역시 때때로 새벽에 퇴근하는 사람이 되면서, 어느 시간이나 깨어 있는 사람들이 많다는 걸 알게 되었다. 잠들지 않은 사람들이 도로를 달리고, 시장한 속을 음식으로 채운다. 무엇을 하다 온 사람들인지는 모르지만 지금 이 시간에도 편의점의 차가운 음식이 아닌 따뜻한 음식을 먹을 수 있다는 게 축복처럼 느껴지기도 했다.

새벽 5시 10분이 되자 세 사람이 더 들어왔다. 나와 달리 기운이 밝다. 활기차게 이것저것을 주문하는데, 서로 존대를 하는 모양새가 친구는 아니었다. 수증기를 내며 끓고 있는 냄비에 재료를 담그면서 나는 다시 혼자만의 호기심에 빠졌다. 지금 일어나서 온 것일까? 밤을 새우고 온 것일까? 그들도 나를 보며 같은 생각을 했을지 모른다. 곧 동이 틀 것 같은 새벽, 보글보글 소리만 고요히 울려 퍼지는 가운데 드문드문 앉아 각자의 훠궈를 먹으며.

코펜하겐에서 만난 지옥

회사 생활을 꽤나 오래 했음에도 있는 휴가도 찾아먹지 못한다는 건 나의 고질적인 문제다. 생에서 열심히 해온 것이라곤 오직 미식과 쇼핑… 그리고 일뿐. 10년째 다니고 있는 나의 매체는 상반기에 특집호와 오프라인 행사가 있고, 8월 창간기념호와 패션지에서 중하게 여긴다는, 그래서 동명의 영화도 있는 9월호 일명 '셉템버 이슈'를 끝내야만 휴가를 갈 시간이, 휴가를 준비할 정신머리가 생기곤 했다. 그러다 보면 휴가는 가장 비싸다는 크리스마스부터 시작되기 일쑤였고 그나마도 다 쓰지 못했다. 쓰지 못한 휴가여, 부르다 내가 죽을 휴가여…. 참고로 나의 쓰지 않은 연차는 수당으로 환생하지 못한 채 소멸된다.

작년에도 그랬다. 11월에 정신을 차려보니 무려 13일의 휴가가 남아 있었다. 이번만큼은 12월은 피하고 싶었다. 휴가 계획을 서둘러 마찬가지로 휴가 때를 놓친 후배와 북유럽 도시를 여행하기로 했다. 스톡홀름과 코펜하겐에서 약 열흘간 머무는 일정이었다.

"차라리 이탈리아를 가는 게 어떠세요?"

다인원이 떠나는 화보 출장의 항공권 발권을 맡아 진행해주시는 모 여행사 K부장님은 우리를 만류했다.

"겨울에 북유럽을 가는 분들은 크리스마스 마켓을 보러 가는 분들뿐이지요…."

어느 정도 각오는 했지만, 스톡홀름에서의 첫날에는 헛웃음이 나왔다. 오후 2시 반이었는데 하늘이 어두워지더니, 3시부터는 그냥 암흑이었다. 내일은 더 일찍 일어나야겠다고 생각했다. 다음 날에도 웃음이 나왔다. 컴컴한 아침 하늘은 10시가 되니 조금 밝아지는 듯했다. 그리고 매일 비가 왔다. 이슬비가 보슬보슬 소리 없이 내렸고 그 누구도 우산을 쓰지 않았다. 이곳에선 오직 노인들만이 우산을 든다. 비니가 우산 대용이 되어줄 것이다. 북유럽인들은 비니에 패딩이나 검은색 코트 등을 멋지게 차려 입고 거리를 누볐다. 우산은 들지 않은 채. 나도 그중의 하나가 됐다. 달리 방도도 없지 않나.

"그러니까 우리는 진정한 스칸디나비아를 경험하는 거지."

후배에게 말했다. 북유럽 라이프스타일의 핵심이 무엇인가. 긴 겨울 속에서 안락함을 추구한다는 것이 아닌가. 여름에 여행한 사람들은 진정한 스칸디나비아는 못 보고 간 거다. 그런 위안을 주워대며 미스트 같은 비를 맞으면서 걸었다. 계속 하늘이 빗물 미스트를 뿌려대니 피부는 촉촉하고 좋았다. 코펜하겐에 가고 싶었던 이유 중 하나인 빌헬름 하메르스회이의 그림을 그곳에서 비로소 가슴으로 이해할 수 있었다. 모든 것이 어둡고 흐려서 아련하기까지 했던 그 풍경이야말로 스칸디나비아를 정직하게 담고 있었다는 것을. 코펜하겐 사람인 그가 그린 그림은 하이퍼리얼리즘에 가까웠다는 것을.

나와 후배는 여러 면이 잘 맞았는데, 잠버릇이 없다는 것, 예쁘고 새로운 걸 좋아한다는 것, 그리고 맛있는 음식을 즐긴다는 것, 이 세 가지에 서로 아주 만족하고 있었다. 특히 그녀는 내가 '부피감'이 없다며 만족감을 보였다. 마르고 납작해서 없는 듯하다는 거였다. "선배는 이불 덮고 있으면 방에 없는 것 같거든요." 나는 그녀의 더없이 긍정적인 면이 고마웠다. 날씨가 좋지 않아 기분이 처질 듯도 한데 그녀는 나보다 이틀 늦게 도착해서, 오직 어두운 고속도로만 봤을 뿐인데도 호텔 객실에 들어서면서 이렇게 외쳤다.

"와! 선배, 북유럽 좋다! 우리 잘 온 것 같아!"

우리는 세계 미식 트렌드를 제패한 노르딕 퀴진을 제대로 경험해보기로 했고, 그래서 한국에서 미리 예약도 했다. 먹고 마시는 예산도 넉넉히 확보했는데, 그걸로 모자랐던 것 같기도 하다. 우리는 스웨덴에서는 커피와 베이커리를 즐기는 휴식시간 '피카(Fika)'를 챙겼고, 링곤베리를 곁들인 미트볼을, 스웨덴 선원들이 즐겨 먹었다는 생선 수프를, 아무튼 굉장히 비싼 여러 음식을 먹었다. 북유럽 물가는 살인적이었고, 샌드위치를 1만 원 주고 먹느니 2만 원을 주고 플레이트에 담긴 음식을 사 먹는 게 낫다고 합리화를 했지만, 어쩐지 계산할 때 보면 3만 5,000원쯤 찍혀 있었다.

덴마크 코펜하겐은 북유럽 디자인의 성지인 동시에 최근 1년간 세계 미식 트렌드를 주도해온 '뉴 노르딕 퀴진'의 성지다. 전통적인 방식에 혁신과 우아함을 더한 뉴 노르딕 퀴진은 미식가들을 사로잡았고, 음식에 큰 열정이 없는 사람들조차 '노마(Noma)'의 셰프 르네 레드제피는 안다. 우리는 고심해 고른 레스토랑에서 3코스, 5코스, 또는 8코스를 즐겼다. 한국계 셰프가 주방을 지휘하는 '108' 레스토랑과 '바르(Barr)'는 크리스티안스하운 섬에서 코펜하겐 항구를 바라보는 위치였다. 음식은 이번에도 환상적이었고, 크리스마스트리는 더없이 낭만적이었지만, 이상하게도 내 입에서 나온 말은 달랐다.

"나 오늘 저녁은 아시안 음식을 먹어야겠어."

그렇다. 내 몸 깊숙한 곳에서 아시안의 얼큰한 정신과 식욕이 살아 숨쉬고 있었다. 온몸의 세포들이 맹렬하게 요구하고 있었다. 더 이상 거친 호밀빵은 그만! 어서 내게 시뻘겋고 매운 음식을! 마라를! 훠궈를! 사실 스톡홀름에서도 2만 5,000원이나 하는 쌀국수에 고추를 잔뜩 뿌려 먹었지만 훠궈와 마라탕을 주 2회씩은 먹어왔던 나는 훠궈 금단 증상을 느끼고 있던 터였다. 위장은 익숙한 그것을 요구하는 것 같았다. 인스턴트 마라 라면이라도 챙겨올 걸 그랬다며 후회해도 이미 늦었다. 우리는 결국 저녁 식당 한 곳의 예약을 취소하고 중국 식당이 모여 있는 거리로 향했다.

잊기 힘든 이름을 가진 중식당 '그레이트 차이나(Great China)'는 바로 그곳에 있었다. 그리고 아주 많은 사람들이 있었다. 동서양인들이 한데 어울려 중국 음식을 즐기는 모습을 보니 그저 포근했다. 비에 촉촉하게 젖은 비니를 벗고 자리에 앉아 두꺼운 메뉴판을 읽는데, 절로 신음 소리가 나왔다.

"아, 다… 전부 다 맛있을 것 같아."

그때 내 눈에 들어온 것은 '수자어'라고 불리는, 마라 육수에 담긴 생선 요리였다. 쉽게 설명하자면 생선이 들어간 마라탕이다. 위에는 엄청난 양의 고추가 떠 있어서, 처음 보면 마치 지옥에서 온 것처럼 보인다. 대표적인 사천 요리 중 하나로 홍콩과 중국에 갈 때면 내가 즐겨 먹는 메뉴다. 이 음식이 메뉴판 구석에 사진으로 있었고, 나는 약간 비명을 지르며 후배에게 우린 이걸, 반드시 이걸 먹어야 한다고 몇 번이나 말했다.

지옥탕은 코펜하겐에서도 지옥스러운 비주얼이었다. 족히 1cm 두께는 될 것 같은 고추기름과 고추 이불을 살살 걷어내면 생선살과 청경채, 콩나물 같은 채소가 보인다. 맛은 훠궈의 홍탕에 재료를 끓여 옮겨 담은 맛과 꼭 닮았다.

코펜하겐에서도 마라는 얼얼했다. 얼얼한 '마'의 맛과 매운 '라'의 맛이 살아 있었다. 죽인다, 그래 이 맛이야, 같은 말을 하며 더 이상 먹을 수 없을 만큼 배를 채웠다. 바닥이 난 채 빨간 비상불을 알리던 나의 HP… 아니 MP(Mala Power)도 다시 충전되었고, 나는 다시 빗속의 코펜하겐을 걸을 수 있을 것 같았다. 가자, 끝없이 밤이 계속되는 북쪽의 땅으로!

그래서 어떻게 되었을까? 우리는 그다음 날에도 그레이트 차이나에 앉아 있었다.

연말엔 다이어리

12월이 되면 갑자기 사람들은 '다이어리'에 열중하기 시작한다. 스타벅스의 별을 모아서 다이어리나 굿즈를 받으려는 것이다. 나는 관심이 없다. 어릴 적부터 지금까지 다이어리라는 걸 제대로 써본 적이 없다. 초등학생 시절 그림일기가 아마도 마지막이었을 거다. 나는 기록이 싫다.

그런 내가 연말연시에 구입한 다이어리는 단 하나, '하이디라오 다이어리'이다. 양장본 책처럼 큼직하고 두툼한 하이디라오 다이어리는 앞부분만큼은 여느 다이어리와 똑같다. 달력이 있고, 일력이 있다. 하지만 메모할 수 있는 모든 페이지는 한 해가 다 가도록 새하얗다. 이 다이어리의 가장 중요한 부분은 맨 마지막에 달린 쿠폰 페이지다. 이 쿠폰이야말로 훠궈인에게는 더없이 아름다운 리워드이다.

"다이어리는 5만 원인데 50만 원어치 쿠폰이 들어 있어요."

작년 연말, 계산대에서 다이어리를 뒤적거리던 내게 직원 K씨가 말했다. 별 생각 없이 한번 보자 싶어 샘플을 휘리릭 넘겨보는 순간 알게 되었다. 어설픈 토핑이나 음료 쿠폰으로 때우지 않는 이 정직하고 성실한 쿠폰북이야말로 하이디라오의 정수였다. 50만 원의 가치가 있다는 것도 과장은 아니었다.

쿠폰 구성을 살펴보자.

1. 2인용 점심 세트 쿠폰 4장

하이디라오의 점심 세트는 현재 1인 2만 원이 넘는다. 게다가 클로징 타임이 없는 하이디라오의 특성상 늦은 오후까지 적용된다. 세트 가격은 오후 5시부터 올랐다가 밤 10시를 기해 다시 점심 가격으로 돌아오는데, 밤 10시 이후에 방문했다면 세트 쿠폰을 사용할 수 있다. 내가 자주 방문하는 강남점 기준으로 현재 세트 1인의 가격은 22,900원. 이것만으로도 183,200원의 가치가 있다. 지자쓰!

2. 소고기 쿠폰 4장, 양고기 쿠폰 4장

소고기와 양고기를 서로 바꿔 먹을 수도 있다. 즉 소고기 쿠폰으로 양고기를 먹을 수 있으므로 좋아하는 쪽을 몰아 먹을 수 있다. 나는 주로 우설을 주문한다. 우설도 주문 가능하다고 표시되어 있다.

3. 원앙탕 쿠폰 4장

내가 가장 좋아하는 쿠폰이다. 원앙탕을 기본으로 주문한 후 원하는 재료들로 자유롭게 그날의 훠궈를 구성하면 된다. 세트를 먹는 이유 중 하나가 탕의 가격이 부담스러워서인데, 현재 하이디라오의 1/2탕이 약 1만 2,000원임을 고려하면 이 쿠폰 한 장을 쓰는 것으로도 2만 4,000원쯤의 가치가 있다.

4. 새우완자 쿠폰 4장

훠궈를 싫어하는 사람은 보았어도 새우완자를 싫어하는 사람은 못 봤다. 글쎄, 있다면 갑각류 알레르기 보유자가 아닐까? 이미 세트를 주문해서 먹고 있고 고기가 충분하다면 새우완자 쿠폰을 써라.

5. 별미 음식 쿠폰 4장

간단한 요리로, 특히 술을 즐기는 일행이 있다면 안주로 먹으라고 주문한다. 마라닭냉채, 돼지귀

무침 등이 있다. 특히 마라닭냉채는 맥주 안주로 정말 최고다.

자, 어떤가? 코스트코 대표가 한국 시장만 생각하면 눈물이 난다고 했던가. 나는 이 하이디라오 다이어리만 생각하면 눈물이 난다…. 너무 좋아서, 감격스러워서. 나는 이 다이어리를 내 차 조수석 뒤 그물망에 꽂아둔다. 언제든 챙겨서 카드지갑만 들고 덜렁덜렁 매장으로 향할 수 있도록. 이 쿠폰 페이지를 보며 오늘은 어떤 구성을 먹을지 요리조리 고민하는 것은 나의 소소한 즐거움이다. 한 번에 한 장밖에 사용할 수 없기 때문에 최적의 조합을 고민해야 한다.

'오늘은 네 명이 왔군. 2인분은 세트를 주문하고 나머지는 재료를 추가하는 게 좋겠어. 탕이 꼭 4인분일 필요는 없으니까. 그렇다면 오늘은 소고기 쿠폰을 써야겠어. 고기가 분명히 모자랄 거야.'
'오늘은 두 명이 왔다. 가장 일반적인 저녁 시간이니 비싼 건 당연해. 오늘은 원앙탕 쿠폰을 써야겠

어. 둘이 먹기에 이게 가장 뛰어나. 이 친구는 고기보다 채소를 좋아하니까 채소를 잔뜩 시켜야지.'

　'오늘은 친구가 쏘기로 했지. 그래도 내가 도와주고 싶어. 고기는 세트로 충분할 것 같으니, 오늘은 새우완자를 맛보여주자고.'

　그리고 이 쿠폰을 내밀었을 때 내 일행의 환호가 나는 좋다. 리액션 좋은 친구들이라면 엄지척부터 어깨춤까지 추어준다. "역시 훠선생이다!" 그렇다, 사랑하는 나의 제자들이여…. 하이디라오 다이어리 천천세! 만만세!

　글을 마무리할 때쯤 되니 하이디라오가 내년 다이어리를 출시하지 않을까 봐 조금 걱정이 되기 시작한다. 그래도 이 쿠폰들을 쓰기 위해 문이 닳도록 하이디라오를 드나들었으니 하이디라오도 나도 '윈윈'이라고 믿고 있다.

●　모든 것은 2020년 가을, 강남점 기준임을 밝힙니다. 특히 세트 가격은 자주 변동되니 참고하세요.

훠궈라니, 베이비

홍콩을 자주 드나들면서 자연스럽게 홍콩인 친구들이 생겼다. 매거진 에디터들이 출장에서 만나는 친구들은 서울에서나 홍콩에서나 도쿄에서나 비슷한 동종 업계 사람들이다. 가장 먼저 만나게 되는 호텔과 브랜드의 홍보 담당자, 로컬 디자이너와 아티스트, 그들의 소셜미디어 친구들…. 간혹 나이와 흥미가 잘 맞는다면 일정이 끝난 후 개인적인 만남으로 이어지고, 두 명으로 시작했다가 어느새 열두 명이 되어 있기도 한다. 한 번의 모임으로 끝날 수도 있고, 누군가와는 '친구'가 되고, 누군가와는 '친구이면서 다소 미묘한' 연락을 이어가게 되기도 한다. 그래서 생겨났을 것이다, '썸'이라는 말은.

그때 홍콩에서도 그랬다. 센트럴의 바에서 우롱티 콜린스 두 잔을 마시고 자리를 빠져나오려는 찰나 누군가가 샴페인을 주문했다. 굿바이 인사를 했지만 홍콩 친구들이 붙잡았다. 귀가 걱정을 했더니 이렇게 말하는 것이었다. "윤, 더 놀다 가. 네가 머무는 호텔까지 저기 저 친구가 널 데려다줄 거야." "너 집에 가는 길에 윤을 호텔에 내려줄 수 있지?" 덕분에 두 시간을 더 붙잡혀 있다가 왁자지껄하게 헤어졌다. 그러고 보니 낮에는 전혀 모르는 사이었고 지금도 잘 모르는 남자와 란콰이퐁에서 택시를 타게 된 것이다. 조금 걱정이 되기 시작했다. 설마 호텔까지 따라오는 건 아니겠지?

애드미럴티에 있는 호텔에는 순식간에 도착했다. 그러나 내가 염려한 일은 벌어지지 않았고, 그는 다만 내 전화번호를 묻더니 내일 저녁식사를 함께할 수 있냐고 했다.

홍콩에는 프랑스인들이 제법 많이 산다. 이들이 운영하는 작은 프렌치 레스토랑이 곳곳에 많이 있고 음식의 수준도 높다. 그와 만난 레스토랑도 프랑스인이 운영하는 프렌치 레스토랑이었다. 홍콩답게 테이블은 다닥다닥 붙어 있었지만 아늑하고 멋스러웠고, 음식도 아주 맛있었다. 첫 데이트를 위한 식당이라면 누구나 만족의 엄지손가락을 치켜올렸을 만한 곳이었다. 미식을 즐긴다던 그는 아주 중요한 질문처럼 물었다. 내일 어디를 가고 싶냐고. 한국으로 돌아가기 전 마지막 식사를 어디서 하고 싶냐고. 나는 망설일 것도 없었다.

"훠궈가 먹고 싶어."

그러자 남자, 편의상 H라고 하자. H가 웃음을 터트렸다.

"훠궈라니, 베이비."

그에게 훠궈는 요리도 아니었고, 데이트하는 여자와 먹을 음식은 더더욱 아니었다. 그리고 덧붙였다. "훠궈는 겨울에나 먹는 거라고."

그때가 6월이었나, 9월이었나. 홍콩은 지독한 여름이었다. 밖에서 몇 발짝만 걸어도 땀이 줄줄 나는, 마치 딤섬을 찌는 듯한 수증기가 도시 전체에 내려 앉아 있었다. 이런 날 훠궈라니 좀 잔인할 수도 있겠다. 하지만 우기고 싶었다. 홍콩에는 이열치열이라는 말이 없는 거냐고.

나는 진심으로 훠궈가 먹고 싶었다. 이런저런 일정 속에서 훠궈를 한 번도 먹지 못한 데다가, '로컬'과 훠궈를 먹는 경험도 놓치고 싶지 않았다.

"나는 훠궈가 먹고 싶어. 나는 여름에도 훠궈 좋아해."

나의 속마음은 보다 솔직했다. 난 진심이야. 난 너보다 훠궈한테 진심이야. 진짜야, 난 홍콩을 떠나기 전에 훠궈를 먹어야만 한다고…. 내 남은 일정에서 너와 훠궈 중에 선택하라면 난 훠궈를 선택할 거라고…! 어쩔 수 없다는 표정으로 H가 말했다.

"네가 원한다면… 하지만 이건 베이비, 네가 원해서 가는 거야. 내가 다른 멋진 곳을 많이 알고 있지만 말이야."

"그래, 좋아, 좋아. 이왕이면 홍콩 스타일, 로컬들이 좋아하는 훠궈면 좋겠어."

다음 날 H에게 왓츠앱으로 질문이 몇 가지 왔다. 고기를 먹느냐, 해산물을 좋아하느냐, 넌 한국인이니 매운 것은 괜찮겠지, 그래서 얼마나 '로컬'이길 원해? 같은 거였고, 나는 힘껏 다 좋아, 무엇이든, 아주 로컬일수록 좋다고 했다.

그렇게 해서 H와 나는 푹푹 찌는 홍콩 시내에서 만나 함께 택시를 타고 카오룽 지역에 있다는 훠궈 식당으로 향했다. 택시 안에서도 그는 자신이 일반적으로 가지 않는 곳이지만 너를 위해 간다는 어필을 잊지 않았다. 홍콩 사람들은 도대체 왜 그런지 알 수는 없지만 홍콩섬 지역에서 하버를 건너 카오룽 반도로 넘어가는 걸 때로 죽기보다 싫어한다. 아무리 홍콩을 많이 가봤자 여행자일뿐인 내가 동의할 수 있는 건 택시가 잘 안 잡힌다 정도뿐. 맛있는 훠궈가 기다린다는데 카오룽이든, 홍콩섬이든, 신계지든 못 갈까!

그렇게 해서 그가 데려간 곳은 삼수이포 인근이었던 것으로 기억한다. 겉보기에는 오래된 한국식 횟집과 비슷했다. 수족관과 수조마다 해산물이 가득했다. 유유히 헤엄치는 생선은 우럭과 농어처럼 보이는 것도 있었고, 꽤나 낯설어 보이는 종도 있었다. 커다란 조개들과 작은 바다달팽이까지 윤기 있는 자태를 뽐냈다. 외관은 허름했지만 재료는 슬쩍 보기에도 굉장히 싱싱했다. 내부 역시 소박했다. 동그란 알루미늄 테이블 가운데에는 버너가 올려져 있었다. 마음에 종이 울렸다. 이곳은 맛집이다!

"오징어 먹니?"

"생선 괜찮아?"

"고기는 미국산 프라임 비프로 주문할게."

광동어로 훠궈를 주문하는 H의 모습에 처음으로 설렜다. 그에 대한 설렘인지, 드디어 새로운 훠궈를 먹는다는 설렘인지 알 수 없었다.

"네가 원하는 게 로컬 스타일인 것 같아서 가족들과 먹는 식으로 주문했어."

훠궈는 지역마다 특색을 반영하기 마련인데, '광둥 스타일' 또는 '홍콩 스타일'로 불리는 훠궈란 바로 이러한 해산물 훠궈를 말한다. 바다를 끼고 있는 광둥 지역에서 무엇보다 중요하게 생각하는 식재료는 바로 해산물이고 그 해산물을 맛있게 먹으려면 당연히 신선도가 중요하다. 홍탕은 없이 백탕으로만 맑게도 먹는다. 나중에 점점 잘 알게 되었지만 홍콩에서 제대로 된 훠궈를 먹는다는 건 바로 살아 있는 해산물을 갖춘 훠궈집에서 살아 있는 해산물을 먹는다는 것이다. 수조가 있는 식당을 선택해야 하고, 시가의 두려움을 넘어야 한다. 소고기를 주문하긴 하지만 그건 한두 접시 정도, 그 외 해산물을 일고여덟 접시, 채소를 두세 가지 주문하는 식이다. 휑했던 원형 식탁이 금세 작은 접시로 가득 찼다.

어떤 생선인지 이제 기억도 나지 않는 생선은 마냥 담백했다. 세 접시에 나눠 담긴 오징어는 보기에도 색깔이나 생김이 달랐지만 입에 넣어보니 맛도 달랐다. 어떤 건 탱글했고, 어떤 건 촉촉했고, 어떤 건 매끄러웠다. 나는 지금도 이 오징어의 비밀이 궁금하다. 같은 오징어인데 이렇게 맛이 다르다니.

아삭아삭하게 씹히는 해산물의 붉은 살, 잘게 칼집을 넣은 그것은 해삼의 일종으로 탕 속에 들어가자 순식간에 오그라들었고 달착지근한 맛이 일품이었다. 홍콩 사람들이 특히 좋아하는, 칼싸움을 할 수 있을 만큼 길쭉한 맛조개과 촉촉한 가리비도 빠질 수 없었다. 반면 육수는 다소 맹맹한 편이었는데, 해산물이 주인공이고 탕은 그저 해산물을 맛있게 먹기 위한 도구랄까.

그날의 주인공은 무척 화려하게 장식되어 나온 왕우럭조개였다. 스시집에서는 '미루가이'라고 부르는 조개다. 데이트인데 훠궈를 먹는 것이 영 불만스러워 보였던 까탈쟁이 그 남자도 왕우럭조개 앞에서는 미소를 보였다. 왕우럭조개의 빈 껍데기가 본래의 크기를 자랑하고 있었고, 거멓고 거친 외피를 벗

겨낸 조개의 속살은 '사시미'가 되어 가지런히 놓여 있었다. 이 활왕우럭조개는 그 무섭다는 '시가'였다. H가 말했다.

"이게 가장 맛있는 거야."

왕우럭조개 살을 육수에 살짝 담근다. 2초에서 3초. 5초도 너무 늦다. 원래 회로도 먹는 조개니까 아주 살짝 담그는 게 좋다. 그러면 남아 있던 조개의 비린 맛은 사라지고 아주 달큰하고 아작한 식감만 남는다. 그날 나의 '베이비'는 왕우럭조개였다.

더 이상 먹을 수 없을 만큼 먹었는데도 접시에는 재료가 많이 남았다. 너무 아깝고 아쉬웠지만, H는 어깨를 한번 으쓱하면서 원래 이렇게 먹는 거라고 말했다. 중국인들은 손님을 접대할 때 음식이 모자라면 안 된다고 여긴다. 홍콩이 아닌 해외에서 생의 대부분을 보냈다는 H는 얼굴만 동양인인 줄 알았지만 그 순간만큼은 그도 영락없는 중국계였다.

우리는 너무나 배가 불렀다. "좀 걸을까?" 하면서 H가 내 손을 잡았고, 우리는 바닷가 산책로가 나올 때까지 홍콩의 좁고 어두운 골목을 한참 걸었다.

어딘지는 기억하지 못하지만 오르락내리락했던 계단과 그 발걸음의 리듬만은 기억이 난다.

나는 남자들이 머릿속으로 생각하는 로맨틱한 순간, 로맨틱한 식사, 로맨틱한 데이트가 뭔지 잘 모르겠다. 신기하게도 남자들은 나보다 로맨틱한 장소나 음식에 더 집착하는 듯했다. 나는 프렌치 레스토랑만큼이나 풍로에 구워주는 생선구이 가게를 좋아한다. 영혼 없는 맛을 내는 레스토랑은 아무리 예뻐도 흥미가 안 생긴다.

아이러니하게도, 이렇게 훠궈를 좋아하는 나의 남자친구들 중에 훠궈를 즐기는 사람은 없었다. 내게 로맨틱함은 럭셔리함이 아니다. 내게 로맨틱한 식사란 따스한 음식을 함께 먹으며 마음의 온기를 나누는 것이다. 자신에게 낯선, 하지만 내가 좋아한다고 하는 음식을 한 번쯤은 함께해주는 것이다. H는 이후로도 홍콩의 자랑할 만한 레스토랑을 예약하곤 했지만 나는 말할 수 있다. H와의 식사 중에서 그때 그 훠궈 식당이 내게는 가장 로맨틱했다고.

'홈궈'의 기쁨

작년 생일에는 예기치 않은 선물을 받고 웃음이 터져버렸다. 커다란 박스 속에서 나온 그것은 다름 아닌 훠궈용 냄비였다. 반반 냄비라고도, 원앙 냄비라고도 부르는 것. 냄비를 선물한 사람은 물론 나의 훠궈 친구였다. 모 매니지먼트 실장으로 중국을 자주 드나드는 그녀는 내게 인스턴트 훠궈와 중국의 인기 컵라면인 쏸라펀을 맛보여준 사람이기도 하다.

그리하여 이 훠궈 냄비가 우리 집에도 생겼다. 집에서 먹는 훠궈를 나는 내 멋대로 '홈궈'라고 부르고 있다. 마라 중독자이자 훠궈 중독자인 나 역시 홈궈를 시도해보았다. 다들 즐기기만 한다면야 훠궈는 홈파티 음식으로도 제격이다. 모여서 도란도란 먹는 동안 시간도 잘 가거니와 다양한 재료를 마련한 보람도 있으니까. 1990년대 집들이 음식으로 샤브샤브가 인기였던 것처럼 훠궈가 그렇다. (90년생 여러분, 정말입니다!) 하지만 밖에서 훠궈 메이트를 구하는 것도 힘들 때가 있는데 집으로 서너 명의 훠궈 메이트를 초대한다는 것은 다소 어려운 일이다. 훠궈 냄비에 훠궈를 먹을 때에는 버너나 인덕션이 반드시 필요하기 때문이 일도 꽤나 커진다. 때문에 맘먹지 않고선 이 거대한 반반 훠궈 냄비가 빛을 보는 일은 드물다.

혼자 먹을 때에는 역시 1~2인용 멀티쿠커가 좋아 보인다. 샤오미 역시 훠궈 인구를 노린 것이 분명한 멀티쿠커를 여럿 내놓았다. 아주 그럴듯하고 예쁜 것도 있다. 어떤 것은 인덕션에도 사용 가능한 반반 냄비까지 세트다.

혼자든 여럿이든 홈궈를 할 때에는 탕이 필수. 예전에는 홍콩에 가면 마지막 날쯤 웰콤 슈퍼에 들러 작은 레토르트 파우치에 든 이금기 훠궈 소스를 잔뜩 사는 게 여행의 마무리였다. 홍탕, 백탕은 물론 돼지 육수, 양 육수, 생선 육수까지 다양한 소스가 있어 이걸 물에 적당히 개면 훠궈 육수가 뚝딱 완성된다. 맛도 아주 좋다. 무겁게 반년치를 보부상마냥 사 들고 왔었는데 이제 세상이 좋아져서 근처 마트는 물론 온라인으로도 쉽게 마련할 수 있다. 요즘은 편의점에서도 팔고 있으니 "라테는 말이야." 같은 복잡미묘한 감정이 든다. 해외 훠궈 체인들도 인터넷으로 구할 수 있는 제품을 출시했고, 여전히 이금기의 훠궈 소스는 부담 없고 좋다.

육수를 준비했으면 다음은 재료를 마련해야 한다. 냉장고부터 살펴보자. 흔히 '냉장고 파먹기'라고 하지 않는가. 냉장고를 파먹는 데 가장 좋은 음식이 훠궈와 카레라고 생각한다. 대부분의 채소는 모두 훠궈 재료가 될 수 있다. 냉동실의 만두, 먹다 남아 얼려둔 조개, 냉동 대패 삼겹살, 어묵 등등 최대한 꺼내보라. 싹 난 감자도 잘 도려낸 뒤 얄팍하게 썰어 물에 담가 전분기를 뺀다. 나는 심지어 홈궈를 위해 멀쩡한 두부를 냉동실에 넣어서 얼린다. 마트에서 파는 두부 팩을 뜯어 물을 흘려 보낸 뒤 훠궈용 크기로 작게 썰어 얼리면 바로 그 동두부가 된다. 이 맛에 길들여지면 이제 김치찌개에도 동두부를 넣게 된다. 오래전 조선호텔 중식당 '홍연' 셰프를 인터뷰하면서 얻은 팁이다.

마라샹궈나 훠궈를 자주 먹을 거라면 냉동실에 푸주 한 봉은 필수다. 단, 푸주는 미리 불려놓아야 한다. 대충 다 꺼내도 허전하다면 그건 아마 배추가 없어서일 것이다. 훠궈에 배추는 있어야 하지 않나. 그럼 마트에 다녀오자.

나는 평소에 요리를 자주 하는 편이고 집에 여러 재료가 많은 편이다. 하지만 그렇지 않고 '집에서 모처럼 훠궈 한번 만들어볼까?'라고 생각한 사람이라면 마트에서 장을 볼 때 족히 5만 원어치는 사야 할 것이다. 그럴 바에야 그냥 마라탕을 사 먹는 게 낫다, 라는 생각이 들 것이다. 사실 대개 외식이 그렇다. 1~2인용은 사 먹는 게 싼 시대다.

부쩍 집에 머무는 시간이 많아진 요즘, 집에서 즐기는 훠궈는 어떨까? 튀김 할 때나 쓰는 긴 젓가락으로 갖은 재료를 넣어보는 거다.

"진짜 유부도 넣어도 되는 거야?"
"상추는 넣지 말자. 맛이 이상해."
"원픽은 연근이다!"
"생각보다 고구마도 괜찮은데?"
"비비고 왕만두 좀 더 가져와봐."

그러다 보면 어김없이 "켁켁켁." 훠궈를 먹을 때 빠질 수 없는 기침 소리가 들려온다. 따스하고 편안

한 집에서, 혼자 혹은 친구들과 훠궈를 먹는 맛은 각별하다. 서늘한 바람이 불기 시작하는 가을이면, 추위가 점점 깊어지는 겨울이면, 그 맛이 더욱 생각난다. 가을이 시작되면 어김없이 재채기가 난다. 그러면 찬장 속에 있는 훠궈 냄비도 기지개를 켠다.

마지막 한 방울까지

우리 집만의 특징일 수 있지만, 어릴 적부터 내게 식사라는 건 밥과 국이 차려진 상을 뜻했다. 찌개가 있어도 국이 따로 있었고, 국이라는 게 어느 집이나 늘상 먹는 것이 아니라는 걸 안 건 나중이었다. 아빠는 늘 국을 찾았고, 엄마는 늘 국을 끓였다.

이제 엄마는 더 이상 국을 끓이지 않지만 나의 식사 준비는 항상 냄비에 다시마 조각을 넣는 것으로 시작된다. 다시마, 멸치, 가쓰오부시, 황태… 때로는 이금기 액상 치킨스톡을 쓸 때도 있다. 집에서 '진짜 쫄면' 한 개를 먹을 때도 녹말가루까지 넣어 끓인 달걀국을 곁들이는 자, 그자가 나다.

그러니 훠궈를 먹을 때 육수는 무엇보다도 중요하다. 애초에 육수가 없었다면 내가 이토록 훠궈를 좋아했을 리도 없다. 훠궈집을 선택할 때에도 당연히 육수가 고려된다. '이 집 홍탕은 약하다.'라는 판단이 서면, 훠궈 왕초보 친구들하고나 가지 내가 즐겨 찾지는 않게 된다. 내게 있어 홍탕은 매우면서 얼얼한 맛이 살아 있어야 하고, 배추를 담갔을 때 잎줄기가 바로 반짝반짝 붉게 코팅될 만큼 고추기름도 넉넉해야 한다. 청두식 훠궈 체인인 '징관청'의 홍탕은 소기름 블록을 넣어서인지 내 취향에 꼭 맞는다. 백탕에 대해선 좀 더 너그럽지만 짜거나 조미료 맛이 강한 것은 싫고 차라리 심심한 맛이 낫다. 이렇다 보니 중국에 '마라탕 국물까지 마실 놈'이라는 욕이 있다는 건 그냥 넘기기 힘들었다. 혹시 내가 마라탕, 홍탕 국물까지 마셔대진 않았나 자기 검열까지 했다. 종종 중국 친구들에게 홍탕을 먹지 말라는 조언을 듣기도 했다.

많은 책에서 이 '욕 아닌 욕'을 언급하고 있는데, '마라탕 국물까지 마실 놈'이라는 욕은 짠돌이나 그에 준할 정도로 가난한 사람을 뜻한다고 한다. 그런데 내가 본 훠궈의 모습에 따르면 이건 반은 맞고 반은 틀렸다.

현지에서 훠궈가 처음 시작되었을 때에는 지금의 고급 음식이 아니었다. 노동자들의 간이 음식에 가까웠고, 노점에서 먹기도 했다. 그렇다 보니 어떤 재료로 만든 탕인지 누구도 자신할 수 없었던 것 같다. 또한 홍탕의 경우 엄청나게 매운 데다가 여러 자극적인 향신료가 들어가는 만큼, 홍탕을 먹는다는 건 곧 다음 날 응급 상황을 초래할 게 뻔하다. 그러니 마라탕, 훠탕 국물을 먹지 말라는 건 두루두루 맞는 말일 것이다.

하지만 요즘의 훠궈는 다르다. 점점 값비싸지고 고급화되었으며, 탕 종류 또한 여러 가지가 생겨났다. 한때 홍콩에는 '유골기'라는 훠궈 식당이 유명했다. 유골기에서 '골(骨)'은 뼈, '기(氣)'는 기운을 뜻했다. 열 가지 탕이 마련되어 있던 이 집의 대표 육수는 뭐였는고 하니, 뼈를 툭툭 잘라 넣어 끓인 곰탕이었다. 몸이 허할 때 먹던 꼬리곰탕처럼 이 집은 사골 육수가 호랑이 기운을 내게 한다고 알리고 있었다. 뼈에 든 기가 몸을 이롭게 한다나. 시간이 꽤 흘러 돼지뼈였는지 소뼈였는지는 가물가물하지만 아무튼 뼈와 노오란 옥수수가 가득 들었던 육수는 여전히 기억이 난다.

홍콩인들이 이 육수를 마다했을까? 그럴 리가! 육수를 마구 퍼먹었을 뿐 아니라 육수가 밴 옥수수까지 남김없이 뜯어 먹었다. 한때 자주 드나들었던 훠궈 체인점 '샤오훼이양'도 이 육수에 공을 들인 체인점이다. (미국에도 진출한 샤오훼이양은 정작 한국에서

철수했다.) 샤오훼이양은 몽골식 훠궈를 선보이는데 사골 육수에 약재를 넣어 갓 나온 육수도 맛이 깊었다. 유독 추웠던 여동생의 대학 졸업식 날에도 온 가족이 홍대입구역의 샤오훼이양에서 훠궈 점심을 먹으며 언 몸을 녹였던 기억이 난다. 한국에 돌아와요, 샤오훼이양!

또한 나는 신사역의 '인량훠궈'의 가물치 육수도 좋아한다. 이곳에 가면 가물치 육수에 쏸차이(중국식으로 절인 갓)를 넣은 쏸차이탕을 꼭 주문한다. 개운한 가운데 힘이 솟는 느낌이다.

최근 내가 푹 잠겨 있는 탕은 토마토탕이다. 토마토탕이라니 상상이 잘 안 된다면 미네스트로네 같은 토마토 수프를 떠올리면 된다. 붉고 묽은 토마토탕은 달착지근하면서도 특유의 감칠맛이 어우러져 있다. 해장 거리를 찾는 술꾼도, 유치원 다니는 꼬마도 좋아할 맛이다. 토마토 파스타를 좋아한다면 토마토탕과도 쉽게 친해질 수 있다. 그래서 훠궈를 낯설어하는 사람들을 꾀어낼 때 미끼로 쓰기 딱 좋다. 토마토탕에 고기며, 새우완자며, 마지막에 생면 국수까지 담가주면 누구나 잘 먹는다. 나는 이 토마토탕으로 많은 초보자들을 훠궈인으로 만들며 훠궈 대중화에 힘썼다. 토마토탕에 낚여 훠궈에 점점 발을 담그게 된 이들이 얼마나 많았던가.

팬데믹으로 해외 출장이 멈춰지면서 일상이 좀 더 예상 가능한 쪽으로 바뀌었다. 인터뷰로 만난 배우 이설, 시인 서효인과 함께 책을 읽는 '북캐스트' 네이버 오디오 클립 〈사각사각〉을 시작할 수 있었다. 각자 스케줄이 많은 만큼 3~4주에 한 번 만나 몰아서 녹음을 하고 있다. 몇 시간 말을 하면 배가 몹시 고파지는데, 그러면 근처 중국 식당에서 식사를 하고 헤어지는 게 우리의 루틴이 되었다. 하루는 이설과 단둘이서 훠궈를 먹으러 갔다. "와, 나 훠궈 먹어보고 싶었는데." 그때도 나는 귀여운 독서광 배우에게 회심의 토마토탕을 슬그머니 내밀었다. 그 주 주말, 설이에게 전화가 왔다. "언니, 나 지금 훠궈 먹으러 왔는데 뭐 시켜야 맛있어요?"

이번에도 성공이다!

무릇 탕이란, 물에 재료를 넣으면 되는 것이니까 종종 기묘한 탕도 만들어지긴 한다. 동남아와 중국의 이른바 '트렌디한' 훠궈집에서는 김치탕도 종종 보인다. 고깃국물에 김치가 둥둥 떠 있는 달착지근한 맛이었는데 한국적인 것을 이국적인 것으로 받아들이고 있는 현지의 MZ세대들이 즐겨 먹는 것 같았다. 김치탕, 미소탕, 똠얌꿍탕, 바쿠테탕 등 없는 게 없어서 마치 훠궈계의 아세안 회의가 열리는 것 같았던 식당도 본 적이 있다.

과거 서태후는 겨울이면 국화탕으로 만든 항저우식 훠궈를 즐겨 먹었다고 한다. 맑은 닭고기 육수에 국화를 넣어 향을 내는 이 훠궈를 처음 만든 것은 도연명으로, 「몸이 그림자에게」라는 시로 유명한 중국 동진말기 시대의 시인이다. 역시 풍류와 맛을 아는 시인이었던 것 같다.

기록에 따르면 늦가을이 되면 서태후의 궁녀들은 국화에서 꽃잎을 따서 씻어 대나무 채반에 담아 말린 후 훠궈에 썼다고 한다. 실제로 맛본 적은 없지만 떠올릴 때마다 국화향이 나는 것만 같다. 아직도 먹어보지 못한 미지의 훠궈를 상상해본다.

그렇게 단골이 된다

늘상 다니는 훠궈집이 있다면 손님도 직원도 서로 알아보는 단계에 이른다. 한동안 방문이 뜸했다면 "오랜만에 오셨네요."라고 직원이 먼저 인사를 건넨다. 그 정도면 단골이라고 부를 수 있을 것이다. 나는 두 훠궈 식당의 단골이다. 하나는 '불이아', 다른 하나는 '하이디라오'다.

나는 두 훠궈 가게에서 각각 친하다고 생각하는 직원이 있다. 내 마음속의 일방적 친밀감일 수도 있지만 만나면 반갑고, 안 보이면 안부가 궁금한 사람들이다.

불이아 S씨: 짧은 단발머리인 몽실 언니 헤어스타일을 고수하는 것이 특징이다. 안경을 쓰고 있다. 아마도 불이아의 매니저.

하이디라오 K씨: 아주 짧은 박새로이(드라마 〈이태원 클라쓰〉의 주인공) 헤어스타일이 특징이다. 내가 증언하는데, 박새로이보다 이분이 먼저였다. 하이디라오에 3년째 근무 중.

훠궈는 자기가 직접 조리를 하는 형태니까 직원의 도움이 뭐 그리 크겠냐고 되물을 수 있겠다. 하지만 뭐랄까, 친한 직원이 생기면 좀 더 맛있게 먹는 방법이 생긴다거나, 좀 더 훠궈에 대해 깊이 알게 되는 일이 생긴다. 나의 취향을 기억하고 도와주기도 한다. 사소한 건데도 엄청 감격스럽다.

불이아는 회사 근처에 위치해 아무래도 즉흥적으로 방문하거나 점심 미팅을 갖는 경우가 많다. 창밖으로 빗방울이 도르르 굴러가면 '아… 훠궈 먹을까?' 하는 생각이 들고, 그럴 때 도보 5분 만에 도착할 수 있는 훠궈집이 있다는 건 얼마나 좋은 일인가.

처음 두산 매거진 《얼루어 코리아》에 입사했을 때 나는 시즌마다 사내 복지 차원의 두산베어스 야구예매권이 생긴다는 것보다 '훠세권'이라는 사실에 감격했다. 우리 회사 위치는 그 어떤 역과도 애매한 거리로 유명하다. 압구정역, 학동역, 강남구청역, 압구정로데오역 모두와 애매하고 적당한 거리를 유지하고 있다. 지금은 운전해서 출근하지만 꽤 오랜 기간을 대중교통으로 출퇴근했는데, 그 애매한 거리가 불편할 때면 나는 '그래도 불이아는 가깝잖아.'라고 스스로를 위안하곤 했다. 바람이 많이 부는 날에는 회사 근처까지 훠궈 냄새가 날아온다. 대체 무슨 냄새인지 어리둥절하는 사람들 속에서 나는 혼자 은밀하게 킁킁댄다. 아, 고소한 훠궈 냄새. 오늘도 불이아의 홍탕은 끓고 있구나!

불이아는 세트 메뉴 형식이라 어려울 게 없다. 하지만 나의 몽실 언니… 아니 불이아의 S씨는 내가 배추를 좋아한다는 걸 안다. 남들은 청경채를 좋아한다지만 나는 배추가 좋다. 한번은 배추가 너무 적어 배추만 추가로 시킨 적이 있는데 불이아의 매니저님은 '배추 반'이라는 옵션이 있다는 걸 알려주면서 다음부터는 '배추 많이'를 외치라는 게 아닌가. 그래서 나는 번번이 외친다. "배추 많이요!"

또한 불이아에서는 훠궈를 절대 배가 터지도록 먹어서는 안 된다. 꼭 맛봐야 할 '빠스(중국식 고구마 맛탕)'를 위한 공간이 남아 있어야 한다. 불이아에서 빠스를 안 먹어본 사람은 있어도 한 번만 먹은 사람은 없을 것이다.

불이아의 빠스는 언제 나올지 대중이 없다. 순

전히 주방 사정에 달렸다. 불이아에는 빠스 외에도 꿔바로우, 라즈지 같은 요리 메뉴가 있다. 이 요리 메뉴가 주방에 밀려 있으면 빠스는 쉽게 나오지 못한다. 그래도 상시 촉촉한 코팅 상태를 유지하는 분식집 맛탕과 달리 바로 설탕을 녹여 만든 진또배기다. 그래서 주방장이 직접 웍을 잡지 않으면 빠스는 나오지 못하는 것이다.

나오지 않는 빠스를 기다리며 훠궈 냄비만 졸아든 적이 몇 번 있어서, 어느 날은 훠궈를 먹는 도중에 빠스를 주문했더니 그날은 또 곧바로 빠스가 나왔다. 그럴 때에는 매니저님에게 물어보라. 빠스를 먹을 건데, 언제 주문하는 게 좋겠냐고 말이다. 그럼 알아서 적절할 때 빠스 주문을 넣어줄 것이다. 이렇게 나온 빠스는 설탕 코팅을 입고 반짝반짝 빛나는 것이, 반 클리프의 로즈골드 주얼리가 부럽지 않을 정도로 영롱하다.

설탕 코팅이 굳기 전 따뜻할 때 빠스를 분리하라. 분리한 빠스를 차가운 물에 담그면 빠스의 겉이 순식간에 굳는다. 한입 베어 물면 바삭하고 고소하고 뜨거운 맛이 입안을 가득 채운다. 입안에서 뜨거운 빠스를 굴리면서 약간 덜 완성된 발음으로 이렇게 외치게 된다. "역시 훠궈는 빠스를 먹어야 완성된다니까!"

이번에는 하이디라오의 박새로이를 만날 차례다. 그는 하이디라오 강남점에서 가장 오래 일한 직원 중 하나이다. K씨와 얼굴을 익히게 된 것은 내가 늦은 시간에 주로 방문하는 손님이기 때문이었다. K씨는 저녁조, 야간조로 근무한다. 대체로 저녁때 방문하고 때로 혼자 방문하기도 하는 나를 기억하기 쉬웠던 것도 있겠지만 K씨는 정말 성실한 직원이다.

나는 K씨 덕분에 하이디라오의 좋은 서비스를 많이 체험했다. 예를 들어 새우완자를 주문하면 그는 "완자 소스 만들어드릴까요?" 하면서 새우완자용 소스를 만들어준다. 그전까지 수없이 새우완자 시켰건만 소스를 만들어준 건 그가 처음이었다. (이후에는 다른 직원들에게도 경험하긴 했지만.)

나는 요즘 소고기나 양고기보다 '팡가시우스 메기살'로 불리는 흰생선살을 즐겨 먹는다. "메기살 소스 만들어드릴까요?"라고 처음 물어본 사람도 K씨였다. 세상에 메기살 전용 소스가 있었어? 그는 양념 고춧가루와 땅콩가루 등이 조합된 소스를 가져다 주었는데, 곁들여 먹어보니 부드럽고 담백한 메기살에 바삭한 식감과 고소한 맛을 부여해주었다. 역시 음식 궁합이라는 건 있다. 파인다이닝이 부럽지 않았다.

그 외에도 K씨의 활약은 많다. "이거 다이어리 좋아요. 자주 오시면 이거 사세요. 쿠폰 50만 원어치 들어 있어요." 그렇다. 내게 다이어리의 존재를 알려주고 영업한 사람이 바로 이 사람. 은인이네!

"죽순은요, 이게 맛있어요. 없을 때도 있는데 오늘은 있어요." 하이디라오 메뉴에 죽순은 세 종류나 된다. 과연 그가 추천해준 죽순이 가장 맛있었다.

"남은 재료는 포장해드릴게요." 배가 터지도록 먹었는데 국수와 채소가 약간 남은 걸 내가 아까워하자 그가 포장이라는 게 있음을 알렸다. 남은 생면 국수와 채소를 그대로 포장 용기에 담아주었다. 다음 날 집에서 다시팩을 우린 뒤 면을 삶고 채소를 얹어 먹었다. 근사한 국수 한 그릇이 완성.

요즘은 소소한 대화를 하기도 한다. 나는 지금

저 구석에 연예인이 식사를 하고 있다고 말해주고 ("유명한가요? 몰랐어요.") 강해천 소스의 창시자 강해천 씨는 지금 어느 지점에서 일하냐고 묻는다 ("인도네시아 지점에 갔어요. 승진했어요."). 하이디라오가 팬데믹의 직격탄을 맞은 때에는 함께 손님이 줄어든 것을 걱정했다. 얼마 전에는 하이디라오 다이어리가 2021년에도 나오는지 물어보았다. 그는 나오면 말해주겠다고 했다.

불이아의 S씨와 하이디라오가 K씨가 오래오래 근무해주길 바란다. 아무래도 그들이 있어 훠궈가 더 맛있는 것 같다. 기분 탓이겠지만 기분 탓만은 아닐 것이다.

• 2021년에는 다이어리가 출시되지 않았다. 그 어마어마한 쿠폰북은 '실수'였다고 다른 직원에게 들었다.

금지된 것을 소망하다

세상에서 가장 따뜻한 위로가 있다면 그건 "밥 사줄게."라는 말이라고 생각한다. 내가 고통스럽고 슬플 때 위로가 된 순간들을 떠올려보면 전부는 아니어도 반쯤은 "밥 사줄게. 밥 먹자." 하던 순간이었다. 나도 누군가가 슬프고 힘든 시기를 겪으면 그렇게 말해왔다. "밥 사줄게. 밥을 먹자." 그렇게 해서 마주 앉아 뭔가 따스한 음식과 이야기를 나누다 보면 실제로 아무 일도 해결되지 않더라도 마음의 단단한 응어리 같은 게 풀리곤 했다.

그랬는데 그런 밥을 나눌 수 없는 순간이 내게 두 번 있었으니, 첫 번째는 맹장 수술이고 두 번째는 담낭 수술이었다.

맹장, 정식 명칭 충수염이야 한국인이 가장 많이 수술하는 질병 1~2위를 다툴 정도로 흔한 병이고, 재미있는 해프닝이겠거니 했다. 그땐 농담할 여유도 있었다. 오히려 맹장이 그 지경인데 배를 잡고 출근을 했던 나의 미련함, 끈기가 두고두고 회자되었을 뿐이었다. 때는 월요일. 새롭게 채용한 후배 S가 출근하는 첫날이었고, 나의 후배 M과 S는 결국 환영회를 겸한 점심이 끝나자마자 나를 택시에 태우고 강남 세브란스 병원 응급실로 향했던 것이다.

　그러나 담낭염 때는 사정이 달랐다. 의학계에서도 극심한 고통으로 인정하는 것이 바로 급성 담낭염이다. 급성 담낭염은 출산보다도 아프다고 한다. 담낭, 즉 쓸개라는 녀석은 인간의 주요 장기 사이에 작게 끼어 있기 때문에 온 장기가 영향을 받는다.

　분당 서울대병원 응급실은 맹장염보다도 통증이 심하다는 나의 말을 믿어주지 않았다. 게다가 무슨 일인지 나는 어릴 적부터 열이 잘 나지 않았다. 맹장염으로 수술을 받을 때에도 열이 나지 않았고, 이번에도 열이 나지 않았다. 하필 주말의 응급실에서는 내가 열이 나지 않으므로 급성 담낭염이 아닌, 담석으로 인한 일시적인 통증을 갖고 있는 것으로 진단했고 두 번이나 나를 집에 돌려보냈다. 너무 아파서 까무러칠 지경이었다.

　결국 세 번째 찾아간 끝에 응급실 침대 하나를 차지할 수 있었는데, 급성 담낭염은 진통제가 듣지 않는 것으로 유명하다는 사실을 이때 알게 되었다. 맹장염임이 밝혀진 후 수액과 진통제를 건 뒤 바로 평화가 찾아왔던 것과는 다르게, 나는 수술을 받는 그 순간까지 죽고 말까 싶을 정도의 통증에 시달렸다. 지옥이 있다면 여기겠구나. 나는 내내 굶다가 사흘 만에 수술을 받았다. "환자분, 죽을 뻔하셨어요. 정말 고통이 심했을 텐데 미안합니다." 내 담낭 제거를 집도했던 간담췌 교수님은 막상 열어보니 상태가 매우 심각했다며, 수술을 하루 이상 앞당겼어야 했다고 위로의 말을 전했다. 영문 모를 눈물이 흘렀다. 수술은 잘됐지만 사흘 동안 고통에 시달린 나의 몸은 완전히 망가져서, 수술 후에도 염증에 시달려야 했다.

결국 회사에 병가를 내고 일을 쉬었다. 내가 담낭, 즉 쓸개 없는 존재가 되어 회사에 못 나가고 있다는 건 친구들, 나의 동료와 선후배들, 업계 친구들에게 널리널리 퍼졌다. #쓸개빠진사람 #쓸개리스 문자와 카카오톡 메시지를 많이 받았고, 다정한 사람들은 그렇게 먹고 싶은 게 많은 사람이 얼마나 답답하냐, 앞으로 제대로 먹을 수는 있는 거냐, 어서 나아서 맛있는 걸 먹자며 날 위로했다. "밥 사줄게."라고 마무리되는 안부들이 나는 그렇게 좋았다.

맹장도 약간의 기능은 한다는 이론이 있을 정도인데, 쓸개는 분명한 역할이 있다. 물론 의학적 관점에서 쓸개는 있으면 좋지만 없어도 살 수 있는 기관이다. 만약 여러분의 담낭에 문제가 생긴다면 의사들은 고민할 것도 없이 바로 떼어버리자고 할 것이다. 담낭 따위 없어도 생명에 문제가 없다니 그 점은 다행스럽지만 쓸개가 없으면 간에서 만든 담즙을 보관해둘 수가 없다. 그래서 담낭을 제거한 많은 사람들이 소화불량에 시달린다. 기름기가 많은 음식을 먹으면 '폭풍 설사'가 예정된 사람들이 많다고 한다.

담낭 제거를 한 환자들이 병원을 나서며 첫 번째로 손에 쥐는 것은 그래서 다량의 소화제와 지사제, 그리고 식이요법 안내문이다. 길고 길지만 요약하면 간단하다. 소식하세요. 한 번에 많이 먹지 말고 적당히 나눠 드세요. 기름기가 많은 음식을 제한하세요. "그래도 환자분은 젊으시잖아요? 괜찮으실 겁니다. 삼겹살 회식 같은 거 할 일이 있으시면요, 소화제를 미리 먹어버리세요." 교수님이 전수해준 꿀팁이었다.

나는 겁이 많은 성격이라, 의사의 말을 아주 잘

듣는 편이다. 늘 병상 부족에 시달리는 대학병원에서 쫓겨나듯 퇴원한 후에는 방을 아주 어둡게 해놓은 뒤 밀린 잠을 잤다. 발병부터 집에 오기까지 거의 1주일간 잠을 못 잔 상태여서 한동안 깊은 잠을 잤다. 엄마가 흔들어 깨우면 트레이에 죽과 물김치가 놓여 있었다. 엄마는 한동안 죽만 끓였다. 좀 회복이 된 후에는 나 스스로 죽을 끓여 먹었고, 조금 지나 밥도 먹게 되었다.

수술 전에 한참 고생해서인지 체중이 줄었고, 얼굴이 핼쑥해져 조니 뎁처럼 뺨이 훅 패였다. 온몸에 힘이 없었다. 죽 먹고, 밥 먹고, 담요를 둘러쓴 채 손에 TV 리모컨이나 겨우 들고 있었다. 그래도 운동이 필수라기에 쫓겨나듯 집에서 나와 동네를 한 바퀴씩 도는 게 가장 큰 일과였다. 동네 최후의 만화대여점에서 만화책 스무 권을 빌리는 호기를 부리고, 1주일 대여를 허락받았지만 이틀 만에 반납한 적도 있다. 당시 드라마 〈슬기로운 감빵생활〉과 〈돈꽃〉이 방영 중이었는데, 드라마를 하는 날이면 두 시간 전부터 TV 앞에서 앉아 있었다. 주인이 이 모양이다 보니 차 배터리도 방전되어버렸다.

이런 일상 속 최대 이벤트는 문병객의 방문! 한 명, 또는 둘, 때로는 삼삼오오 나를 만나러 와주는 게 어찌나 반갑고 행복하던지…!

그런데 방문객들은 나를 너무 염려한 나머지 또 죽만 사주려고 하는 게 아닌가. 죽은 이미 질릴 대로 질리고 말았다. 제발 죽만은…! 그러려면 어떤 협의가 필요했다. 죽만큼 부드럽고, 죽만큼 착해 보이는 음식이어야 했다. 복어 샤브샤브를 먹고 복죽을 끓여 먹는다고 하면 허락되었다. 칼국수는 밀가루라서 안 된다, 만두전골은 매워서 안 된다, 너는 보양식을 먹어야 한다, 삼계탕이나 먹으러 가자….

몸이 점점 회복되고 살 만해진다는 걸 무엇으로 알 수 있을까? 식욕이다. 나는 식욕이야말로 삶의 욕구이자 생명의 증거라고 생각한다. 입맛이 없어 아무 죽이나 삼키던 때가 지나니 엄마한테 "장조림이 먹고 싶어. 아롱사태로 만들고 꽈리고추를 넣은." "병어조림이 먹고 싶어. 무랑 감자도 넣어서 살캉하게." 같은 구체적인 응석도 부리게 되었다. 더 지나자 스시도 먹고 싶고, 태국 음식도, 간장게장도 먹고 싶어졌다. 그중 가장 먹고 싶었던 건 훠궈였다. 방문객 선생님들, 훠궈… 훠궈가 먹고 싶어요!

　　하지만 내가 걱정이 되어 먼 길까지 와준 사람들은 '훠궈'라는 말만 들어도 내가 독약이라도 먹겠다고 한 것마냥 뜨악한 표정을 지었다. "훠궈라니, 절대 안 돼." 의학적으로 봤을 때, 내가 훠궈를 먹지 못할 이유는 없었다. 쇠약해졌다 뿐이지 염증 치료는 끝난 상태였다. 삼겹살, 보쌈, 탕수육, 튀김, 치킨… 이런 종류를 피하라고 한 것이라 읍소했지만 "그럼 삼계탕도 안 되는 거 아니야? 안 되겠다. 조개미역국 정식이나 먹자."라는 답만 돌아왔을 뿐이다. 훠궈… 훠궈… 훠궈… 부르다가 내가 죽을 그 이름. 훠궈는 대체 언제 먹을 수 있을까? 누구도 나와 훠궈를 먹어주지 않는 비극이 이어지고 있었다. 어느새 나는 몸이 아픈 우울함, 인생에 대한 고민보다 훠궈를 먹지 못하는 고통을 토로하고 있었다. "그렇게 먹고 싶어? 그럼 먹자. 대신 홍탕은 조금만 먹어." 한 선배가 이렇게 말했을 때 너무 기뻐 소리를 지를 뻔했다. "선배, 걱정하지 마. 약은 얼마든지 있어! 집에 복합파자임이중정(소화제)과 스멕타(지사제)가 두 박스나 있어!"

그렇게 해서 동네의 훠궈 식당에 갔다. 가족 손님을 대상으로 하는 곳답게 홍탕도 지극히 순한 맛이었지만, 나는 오랜만에 먹는 훠궈에 정신없이 빠져들었다. 맛있다, 진짜 맛있다, 여러 번 얘기했던 것 같다.

친구란, 늘 좋은 일만 함께하는 건 아닐 것이다. 마치 야간 자율학습을 땡땡이치고 허겁지겁 먹었던 떡볶이처럼 그때의 훠궈는 뜨겁고 달았다. 문제는 한번 맛을 보니 더욱 그 맛을 갈구하게 되었다는 것. 며칠 후 나는 혼자 백화점 지하의 회전식 훠궈집에서 훠궈를 먹었다. 탕은 밍밍하고 재료는 많지 않아 평소 지나치던 곳이었다. 〈쇼생크 탈출〉처럼 감옥, 아니 병실을 그제야 탈출한 것 같았다. 배탈이 나면 어떠랴. 나는 소화제 부자, 지사제 부자다. 홍탕을 퍼먹고 배를 두드리면서 나오니 햇살이 비치는 것 같다. 그제야 알 수 있었다.

이제 다 나았구나, 나는.

마카오의 조개무덤

조개가 가득 쌓인 모습을 보면 "패총이 생겼네."라고 말하곤 한다. 패총이란 선사시대에 인간이 살았음을 증명하는 유적이다. 조개와 굴 따위를 먹고 껍데기를 잔뜩 쌓아둔 것이다. 그러니 인간이 조개와 굴을 먹은 건 오래전부터다. 그때에도 해감은 해서 먹었을까?

나는 언제부터 조개를 먹었을까? 어릴 적엔 고기를 좋아했다. 고기, 고기⋯ 고기 반찬 없이는 밥을 먹지 않았다는 증언이 여럿 있다. 그런데 성인이 된 후로는 해산물의 맛에 흠뻑 빠졌고, 환경에 대한 걱정에다 쓸개까지 빠지고 나니 더욱더 고기를 먹는 횟수가 줄었다. 지금은 드물게 먹는다. 앞서도 말했지만, 휘궈에서도 내가 주력하는 재료는 채소이지, 고기는 아닌 것이다.

해산물에 맘을 연 계기가 있긴 있었다. 스무 살의 어느 날, 장을 보고 온 엄마가 짐을 꺼내며 유독 들뜬 목소리로 말을 했다. "바지락이 싸서 잔뜩 사왔어. 너 이거 좋아하잖아." 내가 바지락을 좋아한다니. 난 바지락을 좋아하지 않는다고 생각해서 바지락 칼국수도 기피하는데. 엄마가 말을 이었다. "어릴 적부터 네가 바지락을 좋아했어. 조개~ 조개~ 하면서 그 작은 손으로 바지락 속살을 꺼내 먹는데 그게 마냥 귀엽고 신기했어. 맨날 500원어치씩 사다가 삶아줬잖니. 아빠는 국물만 먹었어, 그래서."

"나 바지락 안 먹는데."라는 말을 누르고 대신 바지락이 수북하게 담긴 그릇을 받아 들었다. 내가 좋아했다고? 손에 쥐고 한 알씩 빼 먹자니 달았다. 달고 바다의 맛이 났다. 살이 달큰하게 오른 봄바지락이었다.

그날을 계기로 바지락이 아주 좋아졌다. 뭐, 전에도 좋아했다잖아. 그리고 나는 기억하지 못하는 모습을 엄마가 기억하잖아. 그렇게 해서 바지락에 다시(?) 맛을 들였고, 지금은 계절마다 온갖 종류의 조개를 산지에서 주문해서 먹는다. 바지락도 좋지만 국물은 백합이 일품이고, 속살이 달큰한 건 명주조개, 달달한 국물 맛을 내는 동죽은 저렴해서 좋고, 겨울철이면 굴과 꼬막을 자루째 사다 먹는다. 그럼 어김없이 집에 패총이 생기는데, 이 불연성 쓰레기의 뒤처리는 귀찮고 무겁지만 조개는 그럴 만한 가치가 있다.

조개로 만든 훠궈를 파는 곳을 딱 한 곳 보았다. 마카오 골목 어귀에 있는 평범한 로컬 레스토랑이다. 흔한 훠궈 냄비가 아닌, 얕고 넓은 전골 냄비에 허연 조개가 가득 담겨 나온다. 어떤 날에는 신경 써서 조개가 비교적 가지런히 정돈되어 나오기도 한다. 그 모습을 사진으로 찍으면 휴양지 바닷가 기념품 가게에서 파는, 조개를 엮어 만든 냄비받침이랑 똑같다. 조개는 맑은 육수에 자작하게 잠겨 있고 다진 마늘이 가득 얹혀 있다. 여기에 고추도 조금. 이제 보글보글 끓이면 된다. 맛은 상상이 가능할 것이다. 조개 잔뜩탕에, 마늘 폭탄에, 고추라니. 한국인이라면 이 맛을 거부하기 어렵다. '마라'라는 장벽이 없으니 훠궈를 즐기지 않는 사람도 잘 먹는다.

육수가 끓어오르면 조개가 입을 벌린다. 조개 대부분은 동남아에서 자라는 남방백합이다. 맛과 형태는 비단조개를 닮았다. 입을 벌린 조개부터 공략해 속살을 꺼내 먹는다. 조개가 대개 그렇듯 알이 작아 더욱 집착적으로 젓가락을 놀리게 된다. 어느 정도 조개를 먹었으면 그때부터는 여느 훠궈 식당처럼 육류, 채소, 두부류를 넣어 즐기면 된다. 이 식당에서 여행자와 현지인은 바로 구분이 가능하다. 소심하게 배추와 고기 같은 한두 종류를 시켜 먹고 있으면 여행자, 상다리가 부러지도록 부재료를 가득 주문해놨으면 현지인이다. 마늘과 조개 육수는 소고기와 채소 등을 머금으면서 맛이 한층 풍부해진다. 다양한 해물 메뉴가 있으니 소고기 대신 해산물로만 주문해도 된다. 맛조개, 수제 어묵과 중화권에서 유독 인기 좋은 유부롤을 넣으면 육수가 듬뿍 배어 맛있다.

　지역의 푸드 포럼에서는 이 가게를 '소박하고 신선한 맛'이라고 설명하고 있었다. 기본인 조개 한 냄비에 다른 부재료를 넉넉하게 주문한다면 8~9만 원은 쉽게 나오니 소박한 식당이라고 할 수 없을지 모르지만, 조개와 마늘과 고추로 간단하게 맛을 낸 것은 소박한 맛이라고밖에 표현하지 못할 것이다. 선사시대 요리법도 이와 크게 다르진 않았을 거다. 털가죽을 두르고, 바닷가에서 캔 조개를 코코넛 껍질을 냄비 삼아 모닥불에 끓여 먹었겠지⋯. 우리나라엔 코코넛은 없지만 현명하신 조상님들은 분명 대용품을 찾아냈으리라.

나는 중국어를 몰라 이 가게 이름을 정확하게 발음하지 못했다. 택시 기사에게 주소를 보여주거나, 호텔에 택시를 불러달라고 부탁하는 편이다. 이 조개 훠궈가 먹고 싶어서 홍콩에서 일부러 페리를 타고 마카오에 간 적도 있다. 마카오에 갈 때면 꼭 들르는 가게인데, 부모님과 마카오에 갔을 때에는 설 연휴 휴무로 맛보여드리지 못해 아쉬웠다.

그 맛이 그리워 집에서 시도해보기도 했다. 바지락, 명주조개, 동죽과 다진 마늘로 만들어보았는데 그 어떤 것도 똑같지는 않았다. 조개도 다르고, 물론 그 집만의 비법도 있을 것이다.

지금도 그 집에는 조개무덤이 쌓이고 있겠지.

혹시나 갈 사람을 위해서.

贏到粥

Fong Son San Chun Iii, no.104-124 R. da Escola Nautica, Macau

+853-2896-7899

꼬치꼬치 훠궈

중국 유학 경험이 있거나 중국 문화에 정통하다면, 훠궈계의 새로운 변종을 알고 있을 것이다. 누군가에게는 못 견디게 그리운 맛일 수도 있는 그것은 '촨촨샹' 또는 '마라촨'이라고 불리는 꼬치 훠궈다.

음식이라는 건 언제나 유행과 기호, 필요에 따라 변주되기 마련인데 훠궈도 그렇다. 끓는 물에 고기를 데쳐 즉석에서 먹는 요리 자체는 칭기즈칸이 전쟁을 하던 중에 만들어졌다고 하지만 요즘의 훠궈는 막노동 등을 하는 일꾼들이 일터 한쪽에서 낡은 냄비에 부속 고기 등을 모아 끓여 먹었던 것이 기원이다. 훠궈는 점점 고급화되었고, 그렇다 보니 다시 서민들이 간편하게 간식으로 먹을 수 있는 '마오차이'가 생겨났다. 길거리 음식인 마오차이는 여러 재료를 넣고 한꺼번에 끓여 1인분씩 덜어 판다. 여기에서 재료를 마음껏 선택하면서도 저렴하고, 간편하게 먹을 수 있는 형태로 발전한 것이 촨촨샹이다. 한 개의 냄비나 두 칸으로 나눈 냄비를 제공하는 것 같지만 촨촨샹의 재료는 미리 꼬챙이에 꿰여 있다. 한 입 두 입에 먹을 정도로 소량이 특징이다. 꼬챙이에 꿰여 있지 않으면 촨촨샹이 아니다.

한자가 젬병인 나도 촨촨샹(串串香)의 간판을 알아볼 수 있는데, 한자의 기원을 알려주듯 '꼬치 모양'을 하고 있기 때문이다. 나는 '촨(串)'이라는 글자를 볼 때마다 넓적한 부산어묵 꼬치를 생각한다. 어묵 두 개를 가로로 한번에 꿴 형태가 아닌가. 이제 이 글을 읽는 여러분도 촨촨이라는 글자를 알아볼 것이라고 생각하니 기쁘다. 부디 부산어묵 두 장을 잊지 마시길.

아무튼 '촨'은 꼬치를 의미하므로 촨촨샹은 '꼬치가 맛있다' 또는 '향기로운 꼬치'라는 뜻이고 마라촨(麻辣串)은 '마라맛 꼬치'라는 뜻이니 아주 적절한 이름이다. 그리고 꼬치는 어느 것이나 아주 맛있다. 꼬치란 건 아시아의 문화인가 싶을 정도로, 꼬치가 없는 아시아의 시장이나 야시장은 상상이 안 된다. 명동의 명물 회오리 감자도 알고 보면 꼬치 아닌가. 베트남에서는 열대과일 꼬치가 흔하고, 태국의 길거리에서는 닭날개 꼬치와 쏨땀을 함께 팔고, 마카오에서는 카레 소스에 담근 어묵 꼬치를 판다. 그리고 홍콩에서는 온갖 내장과 해물 꼬치를 아주 차갑게 식혀 겨자 소스를 뿌려 파는데, 나는 이 꼬치집을 보면 아무리 배가 불러도 세 꼬치는 먹는다. 그런 꼬치 귀신인 내가 꼬치 휘궈 찬찬샹을 마다할 리가 없다.

마지막으로 중국 출장을 갔을 때 나는 호텔 근처에서 찬찬샹 가게를 하나 발견했다. 찬찬샹 가게는 중국에서 흔히 볼 수 있는 국수 가게처럼 아주 소박하다. 냄비를 끓일 작은 버너가 테이블마다 하나씩 있다는 것만 다를까. 자리를 잡았으면 이제 꼬치를 담을 차례다. 누구의 수고로움인지 재료마다 절묘하게 꿰여 있다. 청경채는 빠지지 않도록 심 부분을 관통하고, 작은 브로콜리 송이는 마치 꼬치 끝에 피어난 한 떨기 꽃 같다. 동글동글한 어묵은 교토 찻집에서 파는 당고와 비슷하게 생겼고, 닭똥집(닭모래집)이나 선지도 꼬챙이를 피해갈 수 없으며, 얇은 고기는 둘둘 말아 꽂기도 한다. 피치 못하게 꿸 수 없는 국수 종류를 제외하면 꼬챙이와 재료는 이미 한 몸이다.

구슬이 서 말이라도 꿰어야 보배라는 말처럼, 꼬챙이에 꿰어야만 냄비에 들어갈 자격이 부여된다. 언뜻 보면 모든 재료가 평등한 것 같지만 자세히 보면 고가(?)의 재료에는 꼬챙이가 두 개 또는 세 개까지 꽂혀 있다. 꼬챙이 한 개보다 2배, 또는 3배 가격인 셈이다. 양이 매우 적기 때문에 찬찬샹은 혼자 다양한 재료를 즐기며 먹기도 편하다. 다른 말로는 여럿이 찬찬샹을 먹을 때에는 꼬치를 한 주먹씩 집어야 한다. 꼬치는 끓는 육수 속에서 금세 익는다. 젓가락이 필요 없게 꼬치째로 먹을 수 있는 재료도 있다. 꼬치가 없어지면 다시 새로운 꼬치를 채워 온다. 자리에는 다 먹고 난 꼬챙이를 위한 빈 통이 있을 것이다. 꼬챙이가 통 안에 차곡차곡 쌓인다. 이유는 모르지만 이 찬찬샹 가게에서는 음료도 냉장고에 진열되어 있는 것을 직접 가져다 먹어야 한다.

이 많은 꼬치를 언제 셀까, 계산이 제법 오래 걸리리라는 마음의 각오를 했다. 웬걸, 꼬치 뭉텅이를 저울 위에 올리는 걸로 계산은 끝났다. 찬찬샹은 이런 식으로 꼬치의 무게를 달아 가격을 매기는 곳이 많다.

훠궈는 충칭에서 시작되었지만 찬찬샹은 청두에서 시작되었다는 설이 많다. 이 찬찬샹이 지금 선풍적인 인기를 끄는 이유는 마라의 유행 덕분이기도 하지만 밀레니얼 세대의 호주머니 때문이라는 분석이 있다. 부모 세대보다 가난한 최초의 세대라는 밀레니얼이 돈이 없는 것은 글로벌 현상이고, 때문에 이들은 부모 세대가 즐기는 고급 훠궈 가게보다 가볍게 부담 없이 즐기는 꼬치 훠궈를 선호하게 되었다는 것이다. 청두에는 찬찬샹 식당만 8,000개가 넘는다고 한다.

　　명동에 찬찬샹이 생겼다는 소식을 듣고 택시를 타고 한달음에 다녀왔다. 나의 오랜 훠궈 친구 중 하나인 J와 함께였다. 훠궈 고수인 그녀는 훠궈를 먹는 날 화이트 셔츠를 입고 나와서 늘 나를 겸손하게 한다. 어차피 빨리 세탁해야 하기 때문이라는 설명이었던 것 같다. 중국 체류 경험이 있는 그녀는 내게 하이난 코코넛 캔음료의 맛을 알려준 사람인데, 나는 그녀가 아니었다면 여명808같이 생긴 그 음료를 시도할 생각조차 못했을 거다. 고마워요, J!
　　명동의 찬찬샹 가게의 이름은 '마루벤벤'으로, 중국의 유명 찬찬샹 체인점이다. 새파란 플라스틱 테이블부터 꼬치 재료까지 중국 찬찬샹의 분위기를 그대로 재현하고 있었다. 꼬치를 꿰는 신묘한 솜씨도 그대로였다. 꼬치 훠궈라고 해서 훠궈와 크게 다르지는 않아서, 좋아하는 재료를 마음껏 먹고 코코넛 캔음료도 야무지게 마셨다. 잘 먹고 후식으로 뭘 먹을까 고민하면서 명동의 좁은 골목을 돌아 나오는데 저 뒤에서 "손님!" 하고 부르는 목소리가 들렸다. 마루벤벤의 젊은 사장이 헐레벌떡 뛰어오고 있었다.

"제가 계산을 잘못했습니다. 헉헉!"

그를 따라 매장에 가보니 약 1만 5,000원가량이 더 계산되어 있었다. 그러니까 셋이 찬찬샹을 먹고 음료까지 마신 금액은 4만 원 정도. 역시, 찬찬샹은 가벼운 주머니를 위한 훠궈가 맞았다.

빠르게 정확하게 맛있게

"훠궈요? 지금은 안 돼요. 원고가 밀렸다고요."
저녁으로 훠궈를 먹자고 했다가 거절당했다.

훠궈를 즐기는 사람들도 훠궈를 마다할 때가 있
다. 이유는 두 가지다. 너무 많이 먹게 되어서. 또는
너무 오래 먹게 되어서. 특히 촉박한 점심 시간이나
서둘러 저녁식사를 끝내야 하는 상황에서는 마냥 앉
아 세월아 네월아 먹게 되는 훠궈는 조금 부담스럽
다. 그럴 때면 패스트푸드처럼 훠궈를 간단하고 빠
르게 먹을 수 있으면 얼마나 좋을까 생각한다. 패스
트푸드 훠궈가 말이 되냐고? 적어도 홍콩에는 있다.
홍콩은 아주 고급 훠궈부터 아주 저렴한 훠궈
까지 모든 버전을 만날 수 있는 도시다. 내 인생에서
가장 비싼 훠궈를 먹은 것도 홍콩이고, 가장 저렴한
훠궈를 먹은 것도 홍콩이었다. 수족관에 살아 있는
해산물을 '시가'로 주문해서 먹는 광둥식 훠궈는 순
식간에 엄청난 금액이 쓰인 계산서를 받게 되기 십
상이다. 육류 역시 미국 프라임 소고기부터 고베 소
고기까지, 소고기 유명 산지에서 항공편으로 날아온
육류까지 고루 갖춰져 있어서 고기 욕심 좀 부리다

가는 역시 비슷한 꼴이 된다. '훠궈 먹다가 길거리에 나앉는다'는 속담이 있을지 모르겠지만, 있다면 마땅히 홍콩 속담이어야 한다.

반면 저렴한 훠궈도 홍콩에서는 흔히 만날 수 있다. 바로 홍콩 전역에 있는 차찬텡 체인에서 파는 훠궈 세트다. 대가락(Cafe de coral), 맥심(MX), 페어우드(Fairwood) 같은 곳이다. 홍콩 여행을 가본 적이 있다면 이 체인들이 홍콩 도처에 있다는 걸 알 것이다. 아침부터 밤늦게까지 하는 까닭에 홍콩의 김밥천국이라고 부르는 사람들도 있다. 훠궈를 팔기 시작하면 한눈에 구성을 확인할 수 있도록 포스터를 붙여놓아 쉽게 알아볼 수 있다.

이 훠궈 세트는 패스트푸드점에서 흔히 쓰는 플라스틱 쟁반에 다 들어가지만 아주 알차다. 기본 세트를 선택하고 채소나 완자 등을 추가할 수 있는 점도 여느 훠궈 레스토랑과 같다. 작은 버너 위의 작은 냄비는 금세 파르르 끓는다. 반반 냄비까지는 안 되어도 육수는 선택할 수 있고, 고기나 해산물도 취향에 맞게 고를 수 있다. 소스 바가 준비되어 있는 곳도 있어서 소스를 추가하거나 제조하는 것도 가능하다. 이것이야말로 '가성비 훠궈'가 아닌가 싶다. 패스트푸드점에 걸맞게 음식은 주문 즉시 나온다. 꼭 맞는 냄비를 올린 버너, 채소와 피시볼, 고기를 얹은 바구니, 소스, 음료면 쟁반이 뿌듯하게 찬다. 기본 세트의 가격이 대략 60홍콩달러 선이니까, 1만 원이 채 되지 않는다.

홍콩에는 겨울이면 이런 1인용 훠궈 세트로 간단히 식사를 하는 사람들이 많다. 패스트푸드점에서 훠궈를 먹는다는 게 재미있어 겨울에 홍콩을 여행할 때는 한두 번쯤 꼭 찾아 먹곤 한다. 홍콩의 겨울은 한국만큼 맹렬한 추위는 없어도 습도가 높아 꽤 으슬으슬한 기분이 드는데, 그때 이 패스트푸드 훠궈를 먹으면 금세 몸이 따스해져서 좋다. 특히 1인용이라 부담이 없고, 훠궈가 내키지 않는 친구는 다른 메뉴를 먹어도 되니 평화롭다. 주문 즉시 나온 이 훠궈를 먹는 데에는 30분이 채 걸리지 않는다. 스피디 곤잘레스처럼 빠르다.

중경신선로를 추억하며

지금은 골목마다 마라탕 가게가 즐비하지만 그것은 불과 1~2년 된 이야기다. 2000년대 서울에 훠궈 전문점이라고는 단 하나뿐이던 시절도 있었다. 그 이름하여 '중경신선로'였다.

훠궈의 본고장이라면 어디일까? 이건 중국인들도 답을 내리기 어려워한다. 청두와 충칭(중경)이 서로 종주 도시를 다투고 있기 때문이다. 원래 쓰촨성에 속해 있었던 충칭은 쓰촨 지방의 음식 문화를 그대로 가지고 있다. 여의도 중경신선로는 충칭의 계승자였을 것이다. 당시 훠궈라는 말이 유명하지 않았기에 신선로라는 보편적인 이름을 지었을 거라는 게 내 생각이다. 해외에서 '전주비빔밥'이라는 가게를 낸 셈이다. 훠궈를 선보이는 가게가 드물던 터라 중경신선로는 언론의 '서울에서 먹는 세계 음식' 같은 지면에 자주 나왔다. 언제부터였을까 싶지만 2003년경에는 이미 영업 중이었다. 그 가게는 우리 집에서도, 학교에서도 회사에서도 전혀 가깝지 않았지만 훠궈를 먹으려면 반드시 그곳에 가야 했다. 택시를 탈 때면 인도네시아 대사관에 내려달라고 했던 기억이 난다.

당시 중경신선로는 작은 중국과도 같았다. 중국 풍 꽃무늬 벽지며, 어디서 가져와 어디서 배웠는지 주둥이가 아주 긴 주전자로 멋지게 중국차를 담아주는 묘기도 있었고, 훠궈 냄비도 가장자리가 조각된 꽤 멋진 것이었다. 중경신선로는 당시 나의 형편으로는 몹시 비싼 가게였다. 세트 메뉴나 모둠이 전혀 없었고, 모든 재료 하나하나를 접시 단위로 시켜야 하는 곳이었다. 채소와 두부류 접시의 가격은 대체로 3,000원, 4,000원쯤 되었을까? (10년도 더 전이고 지금도 배추 한 접시가 3,500원임을 감안해보라.) 당시에도 두부가 네 종류나 있었고, 선지나 천엽, 염통줄기 같은 특수 부위도 있었던 걸 보면 가장 중국 현지에 가까운 방식으로 운영했던 곳은 분명하다.

훠궈를 먹으려면 반드시 여러 명이 가야만 했다. 중국 음식을 그리워하는, 훠궈가 중독적이라는 걸 깨달은 아주 소수만이 만났다. 주로 한 명의 언니, 두 명의 오빠 그리고 나였다. 홍콩 여행을 좋아했던 우리는 훠궈 역시 좋아한다는 공통점이 있었다. 요즘으로 따지면 '트친'일 수도 '페친'일 수도 있

는 우리는 훠궈 동지였다. 마치 골프 멤버를 꾸리듯,
절대 그날 펑크를 내면 안 된다는 신신당부 속에서
번개처럼 은밀하고도 진지하게 훠궈 모임을 가지곤
했다. 주문을 할 때에도 4인 중 3인 이상 찬성하지
않으면 그 재료는 시킬 수 없어 낙담할 때가 많았다.

중경신선로가 너무 먼 까닭에 나중에는 '마오'
를 자주 갔다. 마오에서는 오리 구이를 곁들여 훠궈
를 끓이곤 했다. 재미있는 에피소드도 대화도 많았
는데 오래전 일이라 하나하나 복기하지 못하는 면이
아쉽다. 몇 년간은 전혀 연락하지도, 만나지도 못했
지만 내가 무럭무럭 자라 '훠궈'에 대한 에세이를 쓰
고 있다는 걸 알면 뿌듯해할 것 같다. 우리는 불모지
에서 훠궈를 사랑했던 '덕후'이자 '애호가'였으니까.

이후 불이아, 샤오훼이양 등의 훠궈 체인점이
한국에 진출하면서 점심이나 저녁 세트 같은 구성도
생겼고, 동대문을 주변으로 '동북화과왕' 같은 중국
인이 운영하는 가게가 속속 생겨나며 여의도까지 가
지 않아도 훠궈를 맛볼 수 있게 되었다. 나는 서서히
중경신선로의 존재를 잊었다. 중경신선로는 폐점한

지 오래다. 훠궈뿐만 아니라 이국적인 음식을 소개하던 많은 가게들이 지금은 없다.

나는 기자가 되었고, 기자로 일하며 세계 곳곳을 취재하며 소중한 경험을 얻었다. 출장의 즐거움 중 하나는 현지의 다양한 맛을 맛보는 것이었다. 아무리 힘들고 고약한 출장이라도 음식만큼은 내게 늘 기쁨과 행복을 주었다. 요즘은 서울에서도 웬만한 것을 다 맛볼 수 있지만, 나는 지금도 청담동에 있던 '야마모토 스시'나, 몽골리안 비프를 선보였던 '빠오'나, 깊은 쌀국수의 맛을 알려준 '리틀사이공', 현지식 진짜 쏨땀을 맛볼 수 있었던 '카오산' 같은 이름을 소중하게 기억한다.

이국적인 음식을 먹기 위해 용돈을 모으고, 다른 걸 포기하던 기억도 여전히 선명하다. 그 이름들을 떠올릴 때면, 식당의 문을 열 때 마치 세계의 다른 도시로 들어가는 문을 여는 것만 같았던 그때의 설렘도 살며시 고개를 든다.

닭이 먼저냐, 훠궈가 먼저냐

대체로 물 흘러가듯 살아가고 있다고 생각하지만, 나도 좋아하는 것에는 약간의 집요함이 있다. 그런 것은 아무리 반복해도 질리지 않는다. 훠궈가 그랬던 것처럼 몇몇 도시가 그렇다. 남들이 보기엔 과하다고 할 정도로 도시의 곳곳을 들여다본다. 그런 도시로 홍콩과 방콕을 들 수 있다. 내가 몇 번이나 홍콩엘 갔을까? 세어보다가 손가락 발가락이 모자라 그만두기로 했다.

홍콩에 처음 간 건 대학교 4학년 때였다. 친구와 졸업 여행 삼아 떠났던 것이 처음이었다. 그후 일을 하며 출장으로, 촬영으로, 휴가로, 출장 앞뒤에 붙인 휴가로 홍콩에 머물곤 했다. 어떤 해에는 네 번도 갔다. 원래 길눈이 밝은 데다 크지도 않은 도시를 들락날락하니 이제 웬만한 곳은 대부분 익숙하다. 나와 함께 홍콩을 여행하는 사람들은 구글맵도 열지 않고 한 치의 망설임도 없이 목적지를 향해 직진하는 내게 이렇게 묻는다.

"혹시 홍콩 허씨세요?"

시간이 흐르며 점점 홍콩이라는 대도시가 아닌 홍콩의 작은 동네를 사랑하게 되었다. 작긴 참 작은

데, 동네마다 변화무쌍하게 변하는 분위기를 사랑하게 되었다. 여느 여행자처럼 처음에는 침사추이를 사랑했고, 센트럴을 사랑했다. 이후에는 스탠리를, 성완을, 케네디타운을, 타이항을 차례로 사랑했고, 이 동네들은 곧 나의 또 다른 손바닥이 되었다. 최근 내가 사랑해 마지않는 동네는 틴하우다. 틴하우의 집을 빌려 한 달을 살고 싶을 만큼. 틴하우는 뭐랄까, 비유하자면 매봉역 같은 곳이랄까.

틴하우는 센트럴에서 애드미럴티, 완차이, 코즈웨이베이로 이어지는 상업 지구의 끝이자 주거 지역의 시작이다. 틴하우부터는 사람들이 사는 동네 특유의 냄새가 나기 시작한다. 슈트를 입고 분주히 걷는 사람들이 사라진다. 사람들의 발걸음이 느릿해지고 홍콩의 악명 높은 인구밀도도 조금 낮아진다. 지하철에서 내리는 사람들도 줄어들고 사람들로 꽉 찼던 트램도 어느새 한가해진다.

출구로 나오면 홍콩 특유의 좁은 아파트들과 작은 식당들이 주르륵 나온다. 센트럴이나 코즈웨이베이에 있는 세련된 식당들이 아니라, 마치 동네 칼국수집처럼 친숙한 가게들이다. 지하철역 입구 바로 앞에 있는 소고기국수 가게 '시스터 와(Sister WAH)'는 '양조위 국수'로 유명한 센트럴의 '카우키'에 뒤지지 않고, 아니 오히려 더 맛있지만 사람은 그보다 적다. 뉴발란스 운동화를 신고 영어를 잘하는 국수 가게 사장님은 나를 볼 때면 이렇게 인사를 건넨다. "왜 이렇게 뜸했어! 한국에 간 줄 알았잖아." 사실 한국에 돌아간 게 아니라 그저께 한국에서 온 것인데도, 나는 굳이 수정할 생각을 하지 않고 그냥 조금 바빴던 척을 한다.

그 가게가 있는 골목에는 홍콩 어디서나 볼 수 있는, 거꾸로 매달린 거위와 오리가 즐비한 바비큐 집이 있고, 탕위안이나 두리안 케이크, 망고 커스터드 같은 홍콩 디저트를 파는 '앤티스위트' 같은 디저트 전문점이 모여 있다. 밤에 디저트를 먹는 홍콩 사람들 덕분에 이 골목은 밤 12시까지 월병처럼 노란 불빛이 드리운다. 나 역시 하루의 마지막에는 꼭 탕위안 같은 홍콩 디저트를 먹었다. 그게 내가 틴하우를 즐기는 방식이었다.

게다가 센트럴과 거리가 멀기 때문인지, 이 지역은 아무리 성수기라도 다른 지역보다는 숙박비가 저렴하다. 다른 데에서 1박을 할 수 있는 돈으로 틴 하우에서는 2박을, 어쩌면 3박까지도 할 수가 있다. 그동안 나는 틴하우역 앞의 국수 가게부터 저 끝자락의 딤섬 가게까지를 수도 없이 왕복한다. 정말이지 나는 이 동네가 너무 좋다.

훠궈집은 그 길의 끝에서 왼쪽으로 꺾인 골목에 있었다. 아트바젤 취재를 위해 홍콩에 왔다가 이틀의 휴가를 붙인 참이었다. 호텔에 짐을 던져놓고, 시스터 와의 소고기국수에 무슨 토핑을 추가할지 궁리하며 가던 길에 그 간판을 발견했다. 간판에는 닭이 마치 승천하는 봉황처럼 그려져 있었다. 뜻 모를 한자와 함께 영어로 쓰인 그 단어가 내 눈에 꽂혔다. Hot Pot. 번쩍, 훠궈다! 밖에 어두운 비닐을 발라놔 내부는 들여다보이지 않았지만 그 순간 저녁 메뉴가 결정되었다. 간판의 닭을 보니 닭으로 육수를 냈거나, 닭고기가 유명한 훠궈 가게일 것이다. 이 집에서 훠궈를 먹을 거다. 먹는 거다, 훠궈를.

일정을 마친 후 가벼운 흥분 상태로 그 가게에 갔다. 신나게 문을 활짝 열었다. 제가 왔습니다, 여러분! 매장 안 사람들의 시선이 일제히 나를 향했다. 어떤 느낌이었냐면… 그래, 삼합회 아저씨들의 회식에 갑자기 끼어든 이방인 같은 그런 느낌이었다. 덩치 큰 홍콩 아저씨들이 세 테이블을 차지하고 훠궈를 끓이고 있었다. 나는 조금 작아진 몸짓으로 구석 자리에 앉았다. "#$%@&$%&?" 이윽고 주문을 받으러 왔지만 안타깝게도 광둥어를 알아들을 수 없는 나는 얌전하게, 내가 지을 수 있는 가장 착하고 선한 표정으로 메뉴를 받아 들었다. 메뉴에는 김이 모락모락 나는 냄비가 그려져 있었다.

HKD180 / HKD280

이건 분명히 작은 팟, 큰 팟일 것이었다. 세트 메뉴일까? 일단은 작은 팟을 손짓으로 주문했다. 그리고 음료를 주문했다. "똥랭차!" 똥랭차는 홍콩식 아이스 레몬티다. 차가운 홍차에 레몬 반 개분의 레몬 슬라이스를 넣고 숟가락과 스트로를 꽂아서 나온다. 이 집 훠궈는 어떤 맛일까 기대감에 부풀어서 숟가락으로 레몬을 짓이겼다.

버너가 세팅되고, 드디어 냄비가 나왔다. 뚜껑을 열었다. 그런데 내 눈앞에 놓인 것은 훠궈가 아니었다. 이것은 그러니까, 닭도리탕…! 닭볶음탕…! 토막 낸 닭이 양념으로 버무려진 요리가 아닌가. 거무튀튀한 양념으로 버무린 닭에 양파와 셀러리, 고추가 함께 범벅이 된 것은 차라리 찜닭에 가까웠다. 종업원을 불러 옆의 아저씨들이 먹는 훠궈를 가리키며 의사소통을 시도했지만 이번에도 전혀 통하지 않았다. 훠궈가 아니라 닭볶음탕이라니…. 실망스러운 마음이었지만 이것 또한 운명이겠거니, 경험이겠거니 하면서 닭을 뜯었다.

마라 양념이 얼얼하고도 짭짤해, 절로 밥 생각이 났다. 다행히 밥 주문은 문제 없이 성공했다. 밥 한술에 닭 한 점, 먹다 보니 밥도둑이었다. '맛은 있네, 이 집.' 다행이라 여기며 닭도리탕 한 냄비를 거의 비웠을 때였다. 다시 종업원이 나타나더니, 손에 든 주전자에 든 것을 내 냄비에 냅다 붓는 것이었다. 그러고는 버너의 불을 켜더니 다시 메뉴를 손으로 가리켰다. "#$%$@!" 냄비에 찰랑찰랑하게 담긴 건 육수. 바닥에 남은 채소와 양념, 육수가 점점 끓으며

한 몸이 되기 시작했다.

이제는 이름을 안다. 광둥어로 '까이포'라고 부르는 마라닭 훠궈다. 먼저 마라 양념으로 조리한 닭이 나오고, 이 닭의 살을 맛본 후에 육수를 붓고 끓여 재료를 넣어 먹는 훠궈로, 나중에 알고 보니 그 무렵 홍콩에서 조금씩 인기를 끌고 있었다. 마라닭은 일종의 애피타이저 역할을 하고, 육수를 부은 후부터가 진짜였던 것이다. 내가 먹은 한 그릇의 밥이 원망스러워졌지만, 그렇다고 이대로 포기할 수는 없었다. 더 이상의 실패는 없어야 하기에 벽에 붙어 있는 사진 속 재료 몇 가지를 손으로 콕콕 찍었다. 양상추, 유부롤, 버섯. 난생처음 만난 닭훠궈는 보글보글 끓었고, 나는 몹시 배가 부른 상태로 그제야 비로소 훠궈를 먹기 시작했다.

그날은 탕위안을 먹지 못했다. 터질 듯한 배를 부여잡고 호텔 침대에 쓰러지고 말았다.

선생님, 제가 위염이라니요!

미각을 위해 위험을 감수하지 않으려는 것은 인간의 본능일 수 있다. 내 주변에도 독 때문에 복어를 절대 먹지 않는 사람들이 있으니까. 내 동생은 노로 바이러스가 두려워 굴을 먹지 않지만, 나는 수액까지 맞고도 굴을 포기 못한다. 인류는 먹을 수 있는 버섯과 없는 버섯을 어떻게 가려냈을까? 필시 누군가의 희생이 있었을 것이다. 그렇게 해서 2021년의 나는 '금수복국'에서 복국을 먹으면서 5,000원에 곤이 두세 덩이를 추가할 수 있다. 마찬가지로 나는 모렐 버섯이나 포르치니 버섯이 들어간 향기로운 리소토를 먹을 수 있다. 독이 없다는 것이 이미 밝혀졌으니까.

그렇다면 훠궈의 위험성은 무엇인가? 초보자와 훠궈를 먹을 때면 나는 항상 자애로운 경고를 잊지 않는다. "빨간 국물을 너무 많이 먹지 마." 그 뒤에 가려져 있는 말은 바로 이것이다. "다음 날 화장실에서 지옥을 만날 수도 있어…." 사실 이것은, 훠궈를 즐기는 사람이라면 쉽게 경험하는 후유증이다. 말하기 아름답지 않은 주제이기에 말을 하지 않을 뿐이다. 오늘따라 홍탕이 너무 맛있는걸! 싶어서 홍탕 위주로 와구와구 먹었다가는 그다음 날 아침 알수 없는 복통에 잠이 깰 확률이 높다. 왜 이렇게 배가 아프지? 잠시 의심한 후 이내 해답을 얻는다. 그래, 나와 당신, 우리는 어제 훠궈를 잔뜩 먹었다. 그것도 훙탕을. 훙탕을 많이 먹으면 배가 아프다. 이것은 '넘어지면 아프다'처럼 명확하다. 훙탕을 많이 먹으면 배탈이 날 수밖에 없다.

고추와 산초 덩어리는 자극적인 향신료다. 추어탕에 뿌리는 산초가루의 양은 아주 적을 테지만, 훙탕에 풍덩 담가 먹을 때는 재료에 따라붙어 우리 몸에 침투한다. 말이 나와서 말이지만, 나는 특히 동두부, 배추, 시금치는 꼭 훙탕에 담가 먹는 것을 좋아한다.

여기에 우리만의 습관도 있다. 중국인들은 찬음식을 일절 먹지 않는 것으로 유명하다. 이들은 차가운 음식을 먹으면 마치 내장이 서리를 맞은 듯, 냉해를 입는 듯 호들갑을 떤다. 그래서 이들은 제주인들이 '노지의 한라산' 소주를 찾듯 상온의 맥주를 마시고, 훠궈를 먹으면서도 따뜻한 차를 마신다. 그러나 대부분의 한국인은 어떤가? 훠궈와 함께 시원한 맥주를 마신다. 따뜻한 차를 따르다 말고는 이렇게 외친다. "여기 얼음물이요!" 뜨거운 국물과 뜨거운 재료, 여기에 차가운 음료와 차가운 술을 먹으면 온도차 때문에 위장은 한층 피로해진다. 훠궈에 찬 맥주는 딱 좋지만, 배탈이 나기에도 딱 좋다.

하루는 미뤄둔 건강검진 날짜를 잡았다. 수면내시경을 받기로 했다. 내시경을 위해서는 다들 아시다시피, 전날 저녁부터 금식을 해야 한다. 그리고 자극적인 음식을 피하라고 한다. 그런데 하필 그날 친구가 점심으로 훠궈를 먹자고 했다. 거부하기엔 이미 내 마음이 보글보글 끓고 있었다. '6시부터 금식하라고 했으니, 점심만 먹고 금식하면 되겠지. 백탕위주로 먹으면 될 거야.'

의사 선생님도 모를 거라는 마음으로 훠궈를 야금야금 먹었다. 이날따라 홍탕은 아찔하게도 매웠고 금지된 홍탕을 탐하는 젓가락은 유독 분주했던 것도 같다.

다음 날, 검진이 끝난 후 의사가 심각하게 말했다. "여기 보세요. 위염입니다. 규칙적인 식사를 하시고 자극적인 음식을 피하세요." 의사의 말에 나는 고해성사하듯 검사 전날 훠궈를 먹었음을 고백했다. "훠궈…? 마라탕 같은 건가요?"라는 말과 함께 의사는 내게 조언했다. 아무튼 그걸 먹지 말라고.

하지만 선생님, 저의 '정신 건강'은 어떡하고요.

매운 음식은 스트레스를 해소해주는 분명한 기능이 있다. 훠궈의 홍탕은 맵다. 바로 그 점 때문에 훠궈가 생각보다 빨리 우리에게 친숙해졌다고 나는 믿고 있다. 술을 거의 하지 못하는 내게 훠궈는 국가와 사회가 허락한 합법적 마약 같은 거다. 예전에 한 정신과 선생은 알코올의 순기능을 이렇게 말하기도 했다. "술은 해로워요. 하지만 스트레스 지수가 높은 한국 사회에서 적당한 음주가 스트레스 해소에 도움을 주는 부분은 분명히 있습니다." 한국인 대부분이 즐기는 음주도 할 수 없는 내 신세. 늘 맨정신으로 세상을 사는 게 얼마나 힘든 일인지 아는가!

매운 음식을 먹으면 신진대사가 촉진되고 엔도르핀이 분비된다. 스트레스가 풀리고 기분도 좋아지는 것만 같다. 일본 드라마 〈망각의 사치코〉의 한 에

피소드는 이 '마라'라는 매운맛으로 스트레스가 풀리는 모습을 실감나게 담았다. 주인공 사치코는 뛰어나고 성실한 출판사 편집자로, 결혼식 날 약혼자가 도망을 가는 사건을 겪는다. 오직 맛있는 음식을 먹을 때 비극적인 그 사건을 잊을 수 있다. 사치코는 길에서 사천식 마라 국숫집 간판을 발견하고 "힘들 때일수록 매운 음식을 먹어야 한다."며 국수를 주문한다. 국수를 받아 든 사치코는 점점 매운맛의 무아지경에 빠져든다. "맛있고, 맵고, 뜨거워!" 먹으면 먹을수록 땀과 힘이 솟아나는 경험은, 훠궈와 마라의 마니아가 매번 느끼는 그것이라, 나는 드라마를 보다 말고 한밤중에 마라 컵라면에 뜨거운 물을 붓고 말았다.

'그래서 저는 훠궈를 끊을 수 없어요. 내과 선생님을 만나지 않는다고 해도 정신과 선생님을 만나게 될 테니까요.'라는 말을 속으로만 주워섬기며 뒷걸음질로 진료실을 빠져나왔다.

세상에서 가장 긴 시간

세상에서 가장 긴 몇 분이 있다. 배가 살살 아픈데 더없이 천천히 내려오는 우리 아파트 엘리베이터를 기다리는 시간처럼 말이다. 바로 그런 시간의 상대성을 깨닫는 순간이 훠궈집에도 있다. 찰랑찰랑한 두 개의 컬러, 홍탕과 백탕. 마치 로스코의 그림 같다. 모두가 소실점처럼 한곳만을 바라본다. 주문을 왼다. 끓어라…. 끓어라…. 끓어라…. 마음은 급하고, 다른 재료는 이미 테이블에 안착했건만 탕은 좀처럼 끓지 않는다.

얼마나 되었을까? 5분쯤 되었을까? 아니 10분은 지난 것만 같은데 훠궈의 표면은 늪처럼 고요할 때. 그때는 영겁의 시간인 것만 같다. "아, 너무 안 끓는다." 탄식하듯 말하는 소리를 지나가던 직원이 들었다. 우리 쪽으로 오더니 탕에 국자를 집어넣는다. "이러면 빨리 끓어요." 설마, 그럴 리가.

훠궈가 끓기 시작한다. 우연인가, 과학인가. 우리는 모두 중국에서 온 고수를 만난 것처럼 경외심 어린 눈으로 쿨하게 사라진 직원의 뒷모습을 바라보았다.

요즘은 탕이 오면 국자부터 집어넣는다.

훠궈라는 이름의 우정

혼자서도 훠궈를 즐기고 '혼궈'라고 내 멋대로 이름까지 붙여버린 사람이지만, 여럿이 먹으면 더 맛있다는 건 틀림없는 진리다. 그렇기에 훠궈가 낯선 음식이던 시절, 소수의 마니아만 즐기던 시절, 이상한 음식이라고 박해(?)를 받던 시절부터 훠궈인들은 서로를 애타게 갈구하고 찾아왔다.

난생처음 만나는 미팅 자리였다. 아직 낯설다. 서로의 이름조차 기억하지 못할 수도 있다. 차장님, 기자님, 과장님…. 어디까지나 예의 바른 대화를 이어가던 중 무심코 훠궈 이야기가 나왔다. "어머, 훠궈를 좋아하세요?" "완전 좋아하죠. 훠궈 드세요?" "와, 저도 너무 좋아해요." "진짜요? 그럼 담에 훠궈 먹으러 가요!" "오, 저 다음 주 점심 됩니다!"

우리의 관계는 무엇일까? 친구인가? 그보다 더 끈끈한 훠궈 메이트다. 같이 훠궈를 먹을 수 있는 사람! 내가 훠궈를 먹게 해주는 사람! 얼마나 고마운 일인가.

어느 셀러브리티와의 화보 촬영 후 이어진 인터뷰. 늦은 시간이다 보니 서로 고단함을 걱정하는 예의 있는 인사를 나눈다. "스케줄도 많을 텐데 힘드시죠?" "아니에요. 기자님도 일찍부터 준비하셨는데 피곤하시죠? 아까 피자도 저희가 다 먹었는데…." "괜찮아요. 저는 끝나면 훠궈 먹으러 갈 거예요." "훠궈요? 저 훠궈 완전 좋아하는데요." "훠궈 좋아하는구나. 그럼 ○○○ 자주 가겠네요?" "○○○ 자주 가죠. △△△도 가고요. 저도 처음엔 못 먹었는데, 중국에서 먹어보고 중독됐어요. 와, 오늘 날씨에 훠궈 딱이죠." "그럼 끝나고 훠궈로 야식…?" 매니저가 재빠르게 말한다. "제가 예약할까요?"

이후 인터뷰는 어쩐지 서로 말이 빨라진 듯했다. 그 순간 인터뷰 테이블에는 보이지 않는 훠궈가 끓고 있었다. 매니저는 다른 스태프들도 훠궈를 먹을 것인지 의중을 묻고 있었고, 포토그래퍼는 대체 훠궈가 뭐냐면서 포털에 훠궈를 검색했다. 그리고는 우르르르 다 같이 훠궈를 먹으러 갔다. 어쩌면 다시 안 만날 사이. 서로 연락처도 모르는 사이. 하지만 훠궈를 먹을 수 있는 사이다. TV에서 그를 볼 때면 훠궈 메이트가 잘 지내는 모습이 반갑다. 아직도 오징어완자를 좋아하는지….

20년 넘은 친구와 훠궈 한 번을 못 먹을 수 있고, 처음 만난 사람과 바로 훠궈를 먹게 되기도 한다. 훠궈를 먹는 사람과 친해지고 싶다면 〈슬램덩크〉의 강백호와 채소연 분위기로 한마디만 해주세요.

　　"훠궈를 좋아하세요? 저도 훠궈를 좋아합니다."

파티원 구합니다

훠궈를 여러 명이 먹으면 모임이나 축제 같은 느낌이 들기도 하거니와 단순하게 먹보의 시각에서 보더라도 여럿이 먹으면 더 많은 걸 먹을 수 있다. 고기도 여러 종류, 채소도 배추와 청경채뿐만 아니라 양상추와 시금치도 주문할 수 있는 것이다. 비타민도, 쑥갓도 시킬 수 있고, 표고버섯도 목이버섯도 맛볼 수 있다. 생각만 해도 군침이 돈다.

훠궈는 네 명이 먹으면 딱 좋다. 식탁이 보통 4인용으로 이루어져 있으니, 네 명이 둘러 앉으면 딱 맞는 것 같다. 식당에 따라 여섯 명도, 여덟 명도 앉는 자리가 있긴 하지만 훠궈 모임은 네 명을 넘지 않는 것이 학계의 정설이자 요즘 말로는 '국룰' 같은 거였다. 네 명이 넘으면 메뉴를 바꿨다. 그러다 중국 유명 칼럼니스트 천샤오칭이 쓴 미식 에세이*에서 훠궈에 대한 부분을 보고 크게 놀랐다.

훠궈는 태생적 형태 자체가 일인식이 불가한 음식이다. 신선로 하나에 백주 두어 병, 채소 서너 가지, 육류 대여섯 접시, 함께 먹을 사람 일고여덟 명…. 이것이 훠궈를 먹기에 적합한 기본 조건이다.

(중략) 훠궈에서 신선로의 크기도, 여러 사람들과의 어울림도 포기할 거라면, '샘물이 마르자 서로 모여 침으로 서로를 촉촉하게 적셔주었다.'는 『장자』속 물고기들의 신세와 다를 바가 무엇인가.

정말이지, 이것이 대륙의 풍모란 말인가. 일고 여덟 명이라니…. 훠궈를 먹는다고 먹은 나지만 일고여덟 명이 같은 테이블에 둘러앉아 훠궈를 먹는 모습은 선뜻 상상이 되지 않았다. 그것이 중국 훠궈의 기본이라니 말이다. 에세이를 쓴 작가는 내가 좋아해 마지않는 다큐멘터리 〈혀끝으로 만나는 중국〉을 만든 제작자이기도 하였기에 나는 더욱 그의 말에 신뢰가 갔다. 육류도 대여섯 접시나 먹는다니.

감탄하며 다음 장을 넘겼더니 이번엔 또 이런 대목이 나왔다.

그러므로 만나기로 약속한 사람이 있다면, 한두 시간 전에 혼자 훠궈 전문점에 가서 양념이 진한 훠궈의 신선로를 익히기 시작, 피현 더우반장과 파, 생강, 육두구, 정향, 고추 등이 충분히 뒤섞이게 해두는 것도 좋다고 말하고 싶다. 그렇게 천천히 불을 데우며 '그 사람'을 기다리는 것이다.

더 맛있게 먹기 위해 훠궈를 끓여둔다니…! 끓인 지 사흘 된 카레가 가장 맛있다거나, 두 번째 끓인 꼬리곰탕이 진국이라는 말을 숱하게 해왔지만 미리 훠궈의 탕을 끓여둬야 한다는 생각은 하지 못했던 것이다. 강호는 넓고 고수는 많았다.

천샤오칭 선생님, 기회가 된다면 저와 훠궈 한번 함께 먹어주세요. 나머지 여섯 명의 한국인은 제가 모으겠습니다.

• 천샤오칭, 박주은 옮김, 『궁극의 맛은 사람 사이에 있다』, 컴인, 2017

단추로 끓인 백탕

우리 엄마는 바쁘고 또 바빴지만 내게 책만은 있는 힘껏 사주었다. 엄마는 일을 했고 첫째인 나 외에도 아이가 둘이 더 있었다. 나이 터울도 다섯 살, 아홉 살. 맏이인 나는 책을 좋아했으니까 책이라도 실컷 보게 해주자고 생각하신 걸까? 내가 본 책은 동생들도 보게 할 수 있으니 괜찮은 투자라고 여겼을 수도 있다.

덕분에 나는 많은 책을 갖고 있었고, 성장한 후에도 도서관을 다니며 그 동네를 떠날 때까지 원 없이 책을 읽을 수 있었다. 전설의 전집이 된 에이브며 메르헨, 학원문학 전집 같은 것도 있었지만 어린아이를 겨냥한 아름답거나 귀여운 그림책도 많았다. 눈이 오면 당나귀 가죽을 입은 공주님이 베개를 터는 장면이 떠오르곤 하는데, 그것 또한 그림책 속의 아주 예쁜 삽화였다.

그런 기억 속에 다소 뜬금없이 기억나는 책이 있으니, 도널드 덕이 나오는 『단추로 끓인 수프』다. 『단추로 끓인 수프』는 수십 겹의 매트리스를 깔고도 그 아래 완두콩 몇 개 때문에 잠을 못 자는 이웃 나라 공주님 이야기와 같은 디즈니 그림명작 시리즈다. "잠자리가 배겨서 통 잠을 못 잤어요." "완두콩을 감지하다니, 당신은 진짜 공주로군요. 결혼합시다!" 이렇게 끝나는 이야기다. 지금 생각하면 대체 왜 이웃나라 공주님은 신분을 증명해줄 수행원 하나 없이 다른 나라를 찾아가 재워달라고 했단 말인가… 원작자인 안데르센에게 따져 묻고 싶지만 아이의 눈에는 겹겹이 쌓아둔 매트리스의 삽화만으로도 충분히 빠져들 만한 이야기였다. 현실감 없는 '공주 동화'는 그저 귀여운 이야기로 남았지만 오히려 생생하게 떠오르는 이야기는 『단추로 끓인 수프』다.

구두쇠로 유명한 도널드 스크루지 아저씨 집에 조카 데이지가 찾아온다. 아저씨는 데이지가 먹는 게 아깝지만 데이지는 이렇게 말한다. "단추 하나만 있으면 맛있는 수프를 끓일 수 있는걸요!" 도널드 스크루지는 생각한다. '뭣이! 단추로 수프를 끓일 수 있다고?' 데이지는 솥에 단추 하나를 넣고 끓이기 시작한다. "아저씨, 이 단추 수프에 후추를 넣으면 정말 맛있어요." "수프에 뼈다귀만 넣으면 정말 멋진 수프가 될 텐데요." 이렇듯 데이지는 도널드 아저씨를 구워삶아 온갖 채소와 고기를 얻어내 맛있는 수프를 만들어 마을 사람들과 나눠 먹는다. 물론 여전히 그것은 단추로 끓인 수프다.

찾아보니 돌로 끓이는 수프가 원전인 우화였다. 마을 사람들이 재료를 하나씩 가져온다. 허씨가 돌을 넣으면 곽씨가 닭뼈를 넣고, 정씨가 시금치를 넣고, 김씨가 무를 넣고, 이씨가 배추를 넣고…. 그렇게 수프를 완성하는 것이다. 그렇게 해서 여러 명이 힘을 합치면 다 같이 맛있는 음식을 먹을 수 있다는 게 이 우화의 교훈일 것이다.

훠궈를 먹을 때면 종종 이 『단추로 끓인 수프』를 생각한다. 훠궈의 백탕은 닭이든 사골이든 고깃국물로 내는 경우가 많지만 아무래도 막 나온 백탕은 밍밍하고 그다지 맛이 없다. 하지만 탕이 끓기 시작하면 온갖 재료가 투입된다. 마을 사람들이 한 덩이씩 가져온 재료 대신에 나와 친구들은 그저 자기가 좋아하는 재료를 외치면 된다. "배추를 많이 넣자!" "다들 모르고 있지만 다시마야말로 별미다." "목이버섯은 필수다!" "이런 사파들! 양고기가 없으면 훠궈가 아니야!"

얇게 썬 소고기를 탕에 넣어 살랑살랑 흔든다. 잠깐만 담가도 고기의 맛이 탕에 녹아든다. 배추의 시원한 맛도, 표고의 깊은 향기도 말이다. 그런 식으로 식탁을 채웠던 재료들이 사라질 때쯤 다시 탕의 맛을 보면…! 시작할 땐 단추 맛이었던 탕이 어느새 진국이 되어 있다. 맛있다. 너무 맛있어서 계속 홀짝홀짝 떠먹게 된다. 소스 바에서 가져온 다진 파와 다진 고수를 조금 뿌려서 먹어보길. 가히 환상적이다.

스키야키라면 우동을 볶을 것이고 한국식 샤브샤브라면 죽을 끓일 때지만, 훠궈라면 이제 국수를 넣어야 할 때다. 당면을 넣을까? 생면을 넣을까? 그냥, 둘 다 넣어버리자! 당면을 넣든, 생면을 넣든 훌륭한 국물이 면에 착실히 배어든다. 다만 훠궈의 인기를 하드캐리해온 넓적당면을 나는 별로 선호하지 않는 편이다. 너무 질겨서, 저작하는 노동이 느껴져서 싫다. 여느 당면이나 생면을 넣는 게 보다 국수다워서 좋다. 기계로 뽑은 생면 외에도 수제면을 마련해두는 식당이면 수제면을 주문한다. 숙성해둔 반죽을 죽죽 찢어 면을 뽑는 묘기를 보여주는 곳도 있다. 금방 뽑는 만큼 수제면이 월등히 더 맛있다. 몇 분

만에 익은 국수를 잘 건져서 이제는 농밀하기까지 한 탕과 함께 먹는다. 배가 불러 국수는 한 덩어리만 넣었더니, 몇 번의 젓가락질 만에 다 사라졌다. 역시 두 덩이를 넣었어야 했나 싶지만 국수까지 먹었으면 오늘의 훠궈는 끝이다.

맹물 같은 탕에서 시작해 정말 많은 것을 먹지 않았나. 그러니 다음 훠궈도 단추 하나로 시작해보는 거다.

로맨스냐, 비장미냐

얼마 전 조금도 유명하지 않은 홍콩 영화를 보다가 훠궈를 먹는 장면이 나와 혼자 기뻐했다. 남자가 훠궈를 차려놓고 여주인공의 마음을 달래는 장면이었다. 제대로 차려놓은 것을 보니 여주인공의 마음도 풀렸을 법하다고 생각했다.

영화 속에 훠궈가 인상적으로 등장한 두 장면을 뽑는다면 역시 〈호우시절〉과 〈무간도〉가 아닐까. 영화 〈호우시절〉은 청춘 시절에 아스라한 미련을 가진 두 남녀가 청두에서 다시 만나 벌어지는 이야기다. 남자는 동하. 여자는 메이. 동하 역을 맡은 배우는 그 잘생긴 정우성이고, 메이는 그 예쁜 고원원이다. 청초하고 아름다운 두 사람은 미국 유학 시절을 함께한 친구이기에 대화는 영어로 진행된다. 청두에서 다시 만나게 된 이들은 자연스럽게 옛날 이야기를 하는데, 기억은 서로 엇갈린다. 동하는 메이와 키스를 했고 메이에게 사흘 동안 자전거를 가르쳐준 장본인으로 스스로를 기억하지만, 메이는 키스를 했다는 것도 부인하고 자전거도 탈 줄 모른다고 하면서도 동하가 원래 재미없는 사람이었다는 것만은 분명히 기억한다.

이런 옛 이야기를 옥신각신 나누며 청두의 곳곳을 거닌다. 하필 메이는 경치 좋기로 유명한, 시인 두보의 박물관에서 일한다. '때를 알고 내리는 좋은 비'라는 뜻의 '호우시절'처럼 이들은 만나야 할 때에 만난 것 같다. 처음 이들이 우연히 만나 맥주 한잔을 한 뒤 함께 식사를 하러 간 곳은 훠궈 식당이다. 마치 부산 포장마차 골목 같은 풍경의 노천 식당에서 훠궈를 먹는다. 야외 플라스틱 식탁에서 훠궈를 즐기는 풍경이 정겹다. 메이는 "향신료는 안 넣고… 마늘은?"이라고 물으며 동하의 소스를 만들어준다. 훠궈 소스를 제조해주다니, 사랑이네!

"자전거를 탈 줄 모른다고? 학교 주차장에서 3일인가 가르쳐줬잖아."

"나 자전거 공포증 있거든? 아마 자전거 못 타는 유일한 중국 사람일걸?"

"그건 그렇고 그 자전거를 어떻게 팔 수가 있어? 내가 선물로 준 건데?"

"그럼 넌 왜 타지도 못하는 걸 선물로 줬어?"

(중략)

"우리가 사귀기라도 했단 거야?"

"그래, 우리 사귀었지."

"너랑 나랑?"

"그래."

"너는 사토코를 쫓아다녔지."

"아냐…. 사실 난 널 좋아했었다니까."

이들은 서로의 기억을 더듬으며, 젓가락과 국자로 훠궈 냄비를 더듬는다. 두 사람 사이에 놓인 훠궈 냄비에서는 추억이 증기가 되어 모락모락 피어오른다. 두 사람의 추억담에서 나의 어떤 시절을 발견해서인지, 그저 친구 덕분에 훠궈를 제대로 맛보는 동하가 부러워서인지 나는 계속 흐뭇한 미소로 이 영화를 지켜보았다. 그렇다니까. 훠궈는 로맨틱한 음식이라니까.

두 번째 영화는 홍콩 영화의 새로운 시대를 열었다고 평가받는 〈무간도〉이다. 세 편의 〈무간도〉 중에서 영화 팬들이 가장 사랑하는 건 역시 첫 영화인 그냥 〈무간도〉지만 나는 두 번째 시리즈인 〈무간도 II: 혼돈의 시대〉도 못지않게 좋아한다. 〈무간도〉의 프리퀄로, 전작의 진영인(양조위)와 유건명(유덕화)의 소년 시절을 다룬 이야기다. 한침(증지위)이 예영효(오진우)를 누르고 어떻게 홍콩의 왕이 되었는가를 그린다.

홍콩 암흑계의 거물 예곤이 죽고 홍콩 삼합회는 '혼돈의 시대'에 돌입한다. 한침을 비롯한 중간 보스들은 각자 계획이 있다. 네 명의 중간 보스는 어느 골목인가에 모여 훠궈를 먹으면서 뭔가를 모의한다. 안타깝게도 이 보스 중 청경채를 유독 즐겨 먹었던 한 명은 나중에 훠궈를 먹다 숙청된다. 시간이 흐른 후, 최종 보스는 훠궈를 혼자 먹지만 왠지 쓸쓸하게 보인다.

무시무시한 삼합회 보스들이 커다란 냄비 하나를 두고 연신 재료를 건져가며 훠궈를 먹는 장면은 볼 때마다 입에 침이 고인다. 게다가 이들은 흔히 볼 수 있는 가스버너가 아닌 숯이 담긴 질그릇 화로 위에 냄비를 올려 훠궈를 먹고 있다. 숯으로 가열해 먹으면 뭐든 맛있다는 건 만고의 진리가 아니었나. 홍콩의 현재를 담았다는 〈무간도〉 시리즈에는 여러 명소가 등장하는데, 나는 그 어두컴컴한 골목길의 훠궈집에 꼭 한번 가보고 싶었다.

몇 년 전 결국 〈무간도〉에 나온 훠궈 식당을 수소문해 찾아갔다. 홍콩의 '푸디'로 유명한 C가 동행해주었다. 토카완 지역에 있는 그 식당의 이름은 영어 이름도 따로 없어 나로선 읽을 수도 없었다. 토카완 지역은 여행자라면 거의 갈 일이 없는, 홍콩인들의 주거 중심 지역이다. 그곳의 식당을 구글맵을 켜고 간신히 찾아냈다. 홍콩의 여느 로컬 식당처럼 작고 비좁았고 다소 어두웠지만 영화에서만큼 폐쇄된 느낌은 아니었다. C는 알 수 없는 감탄사를 혼잣말처럼 내뱉었다. 벽에 형형히 붙어 있는 증지위의 사진이 '이곳이 바로 그곳임'을 알리고 있었다.

문제의 화로는 중간중간 이가 나가기도 해서 세월이 느껴졌다. 나는 마음속으로 여기까지 함께 와준 C에게 감사했다. 노파심에 말해두자면, 암흑가의 보스는 없더라도 여성 혼자 가기에는 너무나 부담스러운 분위기였다. 그곳은 숯불로 훠궈만을 내는 게 아니라, 숯불 바비큐도 함께 운영하고 있었다. 손님들은 훠궈만 먹지 않고 구이용 화로와 훠궈용 화로 두 개씩을 올리고 있었다.

중간 보스들은 이 숯불 바비큐를 마다하고 훠궈만 먹은 것이렷다. 구이용 화로에는 가리비와 새우를 올려두고, 훠궈 냄비에도 새우과 가리비, 소고기, 채소를 넣어 먹었다. 영화에 경의를 표하는 뜻에서 청경채도 먹었다. 토카완은 제법 먼 데다가 일정과 일정 사이 잠깐 비는 시간에 다녀온 터라 훠궈를 느긋하게 즐기지는 못했지만 좋아하는 영화 속 장소에 가봤다는 만족감으로 뿌듯했다. 내가 암살 당하는 일도 없었다.

홍콩 사람인 C의 놀라움은 다른 데 있었다. 아직까지 숯으로 훠궈를 끓이는 가게가 남아 있는지 몰랐다면서, 그야말로 '옛날 방식'이자 '멸종된' 훠궈라는 것이다. 그녀는 이미 사라진 줄 알았던 숯불 훠궈가 아직 홍콩에 존재한다는 사실을 당장 자신의 부모님에게 알려드려야겠다고 했다. C는 말했다. "윤은 홍콩 사람보다 홍콩을 잘 아는구나!" 우리 둘다 만족스러운 마음으로 그 가게를 나왔다.

여자 둘의 '훠궈를 좇는 모험'은 그렇게 끝났다. 로맨스도, 비장미도 없었던 우리의 외출은 델마와 루이스가 떠난 〈인디애나 존스〉에 차라리 가까웠다. 우리는 잃어버린 성배 대신 아주 특별한 훠궈를 찾아낸 것이다.

혹시 〈무간도〉의 팬일 당신을 위해 정보를 남긴다. 〈호우시절〉의 노천 식당에 대한 정보를 아시는 분은 내게 알려주길 바란다.

鴻福海鮮四季火鍋

G/F, 86 Lok Shan Road, To Kwa Wan

+852-2365-0112

기이한 재료를 위한 변명

살면서 누군가로부터 '몬도가네'라는 말을 들은 적이 있으신지? 나는 종종 있었다. 순대 먹으러 가서 허파를 많이 달라고 할 때, 설렁탕 대신 선지해장국을 고를 때 사람들은 내게 "완전 몬도가네네!"라고 했다. 경악하는 뉘앙스일 때도 있었고 멋대로 기특해 하는 뉘앙스일 때도 있었지만 말이다.

오픈사전에서 '몬도가네'를 찾아보았다.

기이한 행위, 특히 혐오성 식품을 먹는 등 비정상적인 식생활을 가리키는 단어. 1962년 이탈리아 영화 〈몬도 카네(Mondo Cane)〉에서 유래.

도대체 사람들은 1962년작 〈몬도 카네〉를 어떻게 알았던 걸까? 아무튼 이 영화는 우리나라에도 개봉한 후 꽤나 화제를 모았던 모양이고, 그 이후로 엽기적이거나 기괴한 것에 대해서는 '몬도가네'로 부르기로 합의를 한 모양이다. 왠지 불가사리 같기도 하고, 칸초네 같기도 한 게 입에 착 달라붙는 맛은 있다.

갑자기 몬도가네를 이야기하는 이유는, 몇 년 전 훠궈를 먹다가 누군가가 메뉴판을 보고 '몬도가네'라는 말을 했던 게 기억이 났기 때문이다. 훠궈의 매력 중 하나로 재료가 굉장히 다양하다는 걸 들 수 있는데, 청경채, 느타리버섯, 감자처럼 귀엽고 무해한 재료도 있지만 호불호가 갈릴 게 분명한 재료도 많다.

예를 들어 양고기. 누군가는 입에도 대지 못한다. 우설. 우설은 소고기지만 일부 사람은 이것을 소고기로 치지 못할 것이다. 내장류. 무릇 좋은 훠궈 식당이라면 천엽, 대창, 닭모래집 등이 포진되어 있기 마련이다. 오리 창자는 드셔보셨나요? 세상에 이런 것이 있답니다. 어떤 레스토랑에서는 소의 동맥, 개구리 다리, 오리 주둥이도 주문할 수 있다.

시간이 지나 귀해진 음식도 있지만 아무래도 투 플러스 한우 등심보다야 냄새나기 십상인 내장이 싸다. 이들은 값싼 재료라서 훠궈의 시작을 함께했고, 지금 우리가 즐기는 많은 음식이 이렇게 시작되었다. 대부분의 내장 요리가 그렇고, 지금은 없어서 못 먹고 해마다 값이 오르는 아귀나 물메기도 예전

엔 잡아도 놔줬다고 하지 않나. 랍스터도 죄수들이
나 먹었다고 하니 그때는 죄수들도 "랍스터라면 지
긋지긋해! 내가 아무리 범죄자라도 랍스터라니!" 하
고 절규했을 것이다.

　　내장류야말로 훠궈의 자존심이자 훠궈가 존재
할 수 있었던 이유다. 그래서 중국의 훠궈 식당은 물
론 국내의 내로라하는 곳에서도 훠궈를 전문으로 한
다면 반드시 몇 가지 호불호가 갈리는 재료를, 최소
한 천엽 정도는 상비해두고 있을 것이다. 내장류는
손질을 아무리 잘해도 특유의 냄새가 남기 마련인
데, 훠궈의 절반을 이루는 마라와 아주 환상적인 궁
합을 보인다. 맵고 얼얼하고 기름진 마라는 내장류
의 냄새도 잡아주거니와 농후한 맛과도 잘 어우러진
다. 느끼하지 않아 질리지 않고 계속 먹게 되는 것이
다. 그래서 내장을 주문한 사람들은 빈번하게 홍탕
을 공략한다. 오, 나의 천엽! 오, 나의 등골! 이 내장
류를 시뻘건 마라 소스로 버무린 요리는 중국에서
아주 흔한 음식이다. 특히 돼지 대창인 '페이창' 요
리는 훠궈와 함께 사천 요리를 대표하는 서민 음식

중 하나다.

우리나라 훠궈 식당의 내장 메뉴는 천엽, 곱창, 닭모래집 정도가 고작이지만 중국의 메뉴판을 받아 본다면 그야말로 내장의 향연. 눈앞에 마장동을 옮겨 놓은 것처럼 화려하다. 아니다, 마장동보다 더하다. 마장동에는 오리 내장이나 토끼 내장 같은 건 없을 테니까. 소와 돼지의 곱창, 대창, 막창은 기본이다. 우설뿐만 아니라 돈설, 오리 창자뿐만 아니라 오리 부리, 오리 물갈퀴… 커다란 생선 대가리와 부레… 닭의 염통, 소의 간, 소의 동맥…. 이런 것을 훠궈에 넣어 먹느냐고? 먹는다. 중국인들은 아주 즐겨 먹는다. 중국인들은 식탁 다리 빼고 다 먹는다는 말이 왜 생겼는지 궁금하다면, 그 지역에서 가장 큰 훠궈 식당에 가보라고 말하고 싶다. 그곳에서 나는 꼬리를 내리고 말았다. 한국에서 '몬도가네' 소리를 듣던 여성은 중국에서는 너무나 가리는 게 많은 사람일 뿐이었다.

굳이 말하자면 나도 그렇게까지 먹고 싶지는 않다는 쪽이다. 그럼에도 중화권에서 너무 당연하게 먹는 재료들이 그리울 때가 있다. 고급 재료로 치는 말린 부레가 그렇고, 오리 선지가 그렇다. 오리 선지는 우리나라 해장국에 들어 있는 단단한 선지가 아니라 부드럽고 쫄깃하며 촉촉하다. 쫀득함이 살아 있는 젤리 같달까. 식감도 좋거니와 이 역시 훠탕과 너무 잘 어울린다. 대만에서는 '오리 선지 무한리필'을 대대적으로 광고하는 훠궈 식당이 유명하다. 또한 값싼 돼지 선지를 오리 선지로 속여 파는 식당이 발각되어 중국 언론에 오르내릴 정도로 오리 선지는 아주 인기 있는 훠궈 재료이니, 언젠가 서울에서도 꼭 맛볼 수 있었으면 좋겠다.

오리 선지 외에 한 가지 추천해주고 싶은 재료가 있다. 메뉴판에 오리 창자가 있다면 한 번쯤 주문해보라. 오리 창자는 아무런 냄새도 없고, 보기에도 전혀 징그럽지 않다. 납작한 파스타인 페투치네를 닮았다. 몇 초 만에 금방 익고, 식감이 쫄깃해서 다른 재료에는 없는 개성이 있다. 거부감만 없다면 꼭 한번 시도해보시기를!

언제나 마음까지 데워주는 것

나는 추위를 많이 탄다. 나를 만난 사람은 쉽게 눈치챈다. 여름에도 나는 대부분 긴소매 옷을 입거나, 반팔 티셔츠에 리넨 재킷 같은 걸 항상 걸치고 있으므로. 엄마는 "보기만 해도 덥다."고 말하곤 하지만 나는 더위를 느끼는 대신 팔에 닿는 에어컨 바람에서 추위를 느낀다. 추운 계절은 차라리 좋다. 얼마든지 옷을 겹쳐 입어도 되니까. 메리노 울로 만든 터틀넥, 몽글몽글한 모헤어 스웨터, 무겁기까지 한 코트를 걸치고 두툼해져서 집을 나선다.

나는 마음의 추위도 제법 탄다. 겨우 어린애였을 때도 나는 마음이 줄곧 추웠다. 왜 그렇게 허구한 날 마음이 쓸쓸하고 추웠는지 모르겠다. 빨리 어른이 되길 갈망했지만 되어서도 그랬다. 친구도 연인도 있었지만 하하호호 떠드는 시간이 끝나면 어김없이 마음이 추웠다. 붐비는 거리에 나만 혼자 서 있는 기분이 들었다. 그게 외로움인 줄 알았다. 외로움은 사람을 만나면 되는 줄 알았고, 나의 외로움을 없애 줄 사람이 나타나리라고 생각했다. 많은 시간이 지난 후에 알게 되었다. 나는 외로웠던 게 아니라 고독함을 느꼈던 것이라는 걸. 돌아보니 어쩔 수 없는 일의 쓸쓸함, 변해가는 것들에 대한 애석감일 때도 있었다.

어른이 된다는 게 뭘까 종종 생각한다. 조금씩 잃어가는 게 어른이 되는 일이라고 생각했던 적도 있다. 청춘이 가진 모든 게 빛나고 가치 있게 느껴졌고 그것을 조금씩 잃어가는 게 어른이 되는 과정이라고 느꼈다. 그러다 어느 순간부터는 조금씩 쌓여가면서 어른이 되나 보다 했다. 혼란과 혼돈의 20대를 지나 30대가 되는 게 좋았다. 그제야 부족하고 미운 나 자신도 용서할 수 있었다.

30대도 끝을 향해가는 지금은 글쎄, 어른이란 뭘까? 여기엔 대단한 증명도 명제도 없는 것 같다. 나 자신을 잘 아는 일. 내가 타고난 기질과 갑작스럽게 찾아오는 여러 변수를 다루는 일. 매일을 잘 꾸려가는 일. 그게 어른이 되는 일인 것 같다. 적어도 지금의 나는 그렇다.

그렇게 내가 나를 잘 알아서, 나는 내 몸의 추위도 내 마음의 추위도 잘 돌본다. 스웨터를 하나 더 걸치거나 목에 스카프를 두르는 일. 마음이 조금 시

린가 싶을 때 훠궈를 먹는 일 같은 거다. 사람들이 내게 훠궈의 어디가 그렇게 좋으냐고 물을 때, 한 번도 솔직하게 말하지 않았던 이야기다.

나는 훠궈의 온도가 좋다. 데일 듯 뜨거운 음식이라서, 늘 끓고 있는 음식이라서 좋다. 아무리 천천히 먹어도 식지 않는다. 그 뜨거움이 나의 추위를 녹인다. 피부에 닿는 차가움도, 왠지 모를 마음의 시림도 그 온기 앞에서는 다 사라지는 것 같다. 마음이 추울 때 찬 음식만큼 서러운 것은 없다. 그렇게 해서 나는 혼자든 여럿이든 훠궈를 끓일 때면 조금 따스해진다. 따스해진다는 건 다시 내일을 살아갈 수 있다는 것이다.

기쁠 때의 훠궈야 무한한 기쁨이지만 슬플 때의 훠궈도 나는 좋다. 슬픔은 수용성이라고 하듯 훠궈 냄비 속에 나의 고독, 나의 미련, 내가 하지 못한 말, 하지 않은 것, 나의 스트레스, 나의 분노까지 밀어 넣는다. 냄비에 넣고 보글보글 끓이고 나면 그것들은 어느새 기화되어 사라지고 없다. 그래서 훠궈는 좋다. 언제나.

일시적인 식욕부진

나는 항상 먹고 싶은 게 구체적으로 생각나는 편이다. 오늘은 돈가스, 내일은 굴매생이국, 그다음 날은 똠얌꿍이라든지. 그 언젠가 친구의 어머니가 내게 말했다. "얘 윤선아, 넌 아는 게 많아서 먹고 싶은 것도 많겠다." 그때는 어려서 그 말의 의미를 이해하지 못했다.

나는 점점 더 아는 게 많아졌다. 많은 지역을, 많은 나라를 여행하며 점점 먹어본 음식도 많아졌다. 아는 맛이 더 무섭다는 건 진리다. 그래서 나는 항상 먹고 싶은 게 있다. 나는 '아무거나'를 외치는 사람과 찰떡궁합이다. '아무거나'를 외치는 사람에게 난 최소 세 가지는 제안을 한다. 그럼 '아무거나' 하던 사람들도 그중 하나 정도에는 입맛을 다시게 되어 있다.

한번은 다 같이 마감 중 저녁식사를 하고 편의점에 들러 아이스크림을 하나씩 골랐다. 아이스크림을 손에 든 나를 보고 한 후배가 "저도 주세요!"를 외쳤다. "이거 좋아해?"라고 묻자 후배가 아이스크림을 받으며 말했다. "아뇨, 안 먹어봤어요. 그런데 먹는 건 선배를 따라가면 후회가 없더라고요." 이렇다 보니 일상적으로 나를 만나는 사람들 사이에서 나는 '잘 먹고, 잘 챙겨 먹고, 알아서 잘 먹는' 사람이다.

그렇지만 나도 음식을 먹지 못할 때가 있다. 긴장하거나 스트레스를 받을 때, 혹은 내가 여러 상황을 책임져야 할 때에는 먹지 않는다. 음식이 넘어가지 않는다는 것에 가깝겠다. 일상적인 상황으로 화보 촬영이 있다. 화보 촬영장에는 모델이 되는 셀러브리티와 함께 보통 스무 명이 넘는 스태프가 있다. 화보가 잘 나왔으면 좋겠다. 분위기도 좋았으면 좋겠다. 인터뷰도 잘하고 싶다. 모두에게 즐거운 작업이었으면 좋겠다는 생각에 신경을 쓰느라 음식이 넘어가지 않는다. 시작부터 끝까지 신경을 곤두세운다. 스튜디오에는 늘 먹을거리가 있다. 멋진 케이터링이나 피자며 도시락이며 최근 유행하는 음식을 준비해둔다.

그런데 내가 손도 대지 않고 있다는 건 아무도 모른다. 이런 촬영은 어차피 길어야 하루 안에 끝나니까 한두 끼를 건너뛰는 건 대수롭지 않다. 촬영과 인터뷰까지 끝나고 모두가 돌아간 후에 비로소 허기가 느껴진다. 해외 촬영은 조금 다르다. 해외 촬영은 일정이 길어서, 약 열 명의 스태프와 몇 박 며칠을 함께한다.

　너무나 멋진 배우와 함께 하와이로 화보 촬영을 간 적이 있다. 촬영은 물론 이어진 일정에서도 진심으로 즐거웠다. 그럼에도 내가 열 명의 스태프와 함께하고 있는 '진행 기자'라는 사실은 어디 가지 않는다. 멋진 레스토랑에 가도 어떤 음식을 시킬지, 어떤 음료를 주문할지, 주문한 와인은 맛있을지, 음식이 다들 입맛에 맞을지, 혹시 부족하거나 많지는 않은지 살피느라 긴장 상태가 된다. 그냥 신경 쓰지 않고 내 식사를 할 수도 있겠지만, 그게 잘 되지 않는다. 이런저런 이야기를 하면서 즐거운 분위기를 만들려고 노력한다. 외국인 게스트라도 함께하면, 겉으로는 미소 짓고 있으되 머릿속으로는 영어 사전을 뒤지는 고도의 멀티태스킹을 시도한다. 오해를 살까봐 말하지만 아무도 그렇게 하라고 시키지 않았고, 사실 그렇게까지 할 필요는 없다. 그런데도 정신 차리고 보면 나는 어김없이 그러고 있다. 그래서 나는 항상 내 몫의 음식을 다 먹지 못하고 남긴다.

일정의 마지막 저녁식사를 할 때였다. "이제 마지막 저녁이라니 너무 아쉬워요. 더 있으면 좋을 텐데요." 내가 이렇게 말을 건네자 배우가 나를 깊은 눈으로 바라보며 말했다. "우리는 너무 즐거운데, 기자님은 우리 챙기느라 식사를 거의 못하더라고요. 어서 일정이 끝나야 기자님이 편히 먹지…."

적지 않게 놀라서 그때 내가 뭐라고 말했는지 기억이 없다. 뭔가를 들킨 기분이었다. 나는 지금도 그걸 그분이 어떻게 알았는지 모르겠다. 그분한테는 그냥 보였던 것 같다.

나는 여전히 중요한 촬영이 있으면 식사를 거른다. 걱정할 일은 아니라고 생각한다. 나는 평소에 아주 잘 먹고, 또 일이 끝나면 거짓말처럼 식욕이 돌기 때문이다. 일이 끝나고 훠궈를 끓이고 있다 보면 가끔 그분의 말이 떠오른다. 잘 먹지 못하는 나를 염려하던 다정한 말. 다음에 만나게 되면 내 비밀을 알려드려야겠다.

"괜찮아요. 일이 끝나면 아주 많이, 아주 실컷 먹거든요."

사람들은 모두 자신을 먼저 생각한다. 그럼에도 나는 사람들이 때때로 타인들을 위해 애쓸 때가 있다는 게 다정하게 느껴진다. 내 식사를 미뤄두고, 내 시간을 잠시 접어두면서 그렇게 한다. 다른 사람이 즐거웠으면 하는 마음에서 그렇게 하기도 하고, 때로는 가족이라서, 때로는 일이라서, 자신의 즐거움을 조금 뒤로 미룰 때가 있다. 그런 일시적 식욕부진은 괜찮을지도 모른다.

이것은 무슨 글자인가? 흰 것은 종이요, 검은 것은 글씨였다. 어떻게든 답을 찾아내 네모 안에 V 표시를 해야 하는 시험이 내 눈앞에 펼쳐지고 있었다. 중국의 한 도시에서 거대한 시험을 마주한 나는 그 어느 때보다 진지했다. 이 시험을 통과해야만 비로소 훠궈를 먹을 자격이 주어진다. 잘못하다간 국물만 먹고 후퇴해야 할지도 모른다. 연필을 든 내 손이 떨려왔다.

시험이란 걸 마지막으로 본 게 언제였던가? 토익이었나? 기억조차 나지 않는데 흡사 과거의 악몽이 되살아나는 것 같다. 종이 위에 한자로 된 재료만 가득 쓰여 있는 이 훠궈 메뉴판은 그간 숱하게 봐온 공포스러운 시험지랑 똑같이 생겼다. 깨알같이 재료가 적혀 있고 원하는 재료를 펜으로 체크하게 되어 있는 형식이다. 안타깝게도 로컬들이 사랑하는 훠궈 식당일수록 이런 곳이 많다. 대형 프랜차이즈나 고급 식당은 사진이 곁들여진 컬러 메뉴판을 갖추고 있거나 더 신식인 곳은 최신 버전 아이패드로 주문을 받건만, 이런 정통 훠궈 식당은 그저 글자로만 승부한다. 이들은 외국인 손님 따위는 고려하지 않는다. 외국인 손님이 오더라도 현지 단골 손님과 같이 올 거라 여기나 보다.

나는 한자도 모르는 주제에 당당히 이곳에 와 있다. 낫 놓고 기역자도 모른다고 했듯이 한자도 분명 어딘가에서 따온 것도 있을 텐데 도무지 읽을 수가 없다. 이건 바다 '해(海)'와 닮았다. 해물인가 보다. 이건 야채 할 때 '채(菜)'다. 그런데 뭔 채가 이렇게 많단 말인가? 그래, 그래도 이건 '하(蝦)'다. 그렇다면 새우다!

나는 부끄러울 정도로 한자를 잘 모른다. 내 이름은 써도 아버지 함자는 못 쓴다. 죄송해요, 아버지! 너무 어려워요! 철저히 수능 세대인 데다, 내가 어린 나이였을 때 신문도 일제히 한글 표기로 바뀌고 말았다. "나 때는 한자가 중요하지 않았어!"라고 뻔뻔하게 외쳐보지만 나보다 다섯 살, 아홉 살 어린 동생들은 한자를 꽤나 잘한다. 그들은 무슨 사연인지 어린이 시절 '장원한자'를 열심히 했다고 한다. 허리띠인지 급수인지 그런 것도 있다고 한다. 부모님은 한자 세대이니 더 말할 것도 없다. 그런데 가족 중 가장 중국 음식에 사족을 못 쓰는 나만 한자로 된 메뉴를 읽지 못하는 것이다.

　　그렇다고 포기할 내가 아니다. 한자를 모른다고 사랑을 모르겠는가? 자, 이곳에서 나는 여러 임기응변을 행한다. 약간 곤란해 하면서 슬금슬금 타인의 식탁으로 접근해본다. 일종의 '치팅'이다. 그래도 어느 정도 거리를 유지한 상태에서 눈짓과 손가락 신호로 원하는 재료를 말한다. 중국인들은 너그럽다. 어디에서나 적극적으로 도와주는 경우를 많이 보았다. 어떨 때에는 이걸 먹어라! 이게 맛있다! 하고 가르쳐주는 경우도 있다. 한 분은 아예 내 테이블로 와서 내가 뭘 주문했는지 서버와 진지하게 논의하기까지 했다. 그 순간 그분은 중국인 '따거(형님)' 같았다. 그런 장면을 볼 때마다 어디에서나 돕는 심성을 가진 사람은 있다는 생각이 든다. 나 역시 얼마 전에 '게방식당'에서 외국인 세 명의 주문을 대신 해주었다. 그들의 마음도 훠궈 식당에서의 나와 같았을 것이다. (게방식당은 사진 메뉴가 있고, 그들은 구체적인 조리법을 알고 싶어 했다.)

　　미리 주문을 '예습' 해가기도 한다. 요즘은 파파

고가 잘되어 있지 않나? 구글번역기도 꽤나 정확도가 높다. 하지만 이 경우는 맹점이 있다. 본래 음식 번역은 까다롭다. 나의 배추가 그들의 배추라는 보장이 없기 때문이다. 우리만 해도 배추라는 개념 아래 알배추, 얼갈이배추, 배추 비슷한 봄동까지 있다. 그러므로 번역기에 아무리 '배추'라고 번역해서 보여줘도 생각한 것과 다른 배추가 나온다. 메뉴를 정한 경우에는 미리 공부를 해서 원하는 재료의 한자명을 메모장에 옮겨두기도 한다. 적는 게 아니라 옮겨두는 것이다. 나의 메모장에는 그동안 열심히 복사해서 붙여둔 음식 재료 리스트가 있다. 이건 토핑을 일일이 골라야 하는 홍콩의 로컬 국숫집에서도 요긴하게 쓰인다. 이 메모장의 글씨를 확대해서 직원에게 보여주면 된다. 대개 무표정하기에 크게 놀라는 기색은 없지만 눈빛이 조금 흔들리다가, 이내 평정을 되찾고 주문을 종이에 옮긴 뒤 턱을 살짝 내리며 알았다는 신호를 보낼 것이다. 주문은 완료되었다.

여러 방법을 시도해본 결과, 가장 쉽고 정확한 방법은 '이미지'였다. 구글에서 이미지를 검색해 캡

처해서 보여주는 것이다. 이 방법이면 웬만한 채소와 해물, 현지인들이 사족을 못 쓰는 유부롤, 생선 껍질 튀김까지 싹 다 주문할 수 있다. 섬세함이 요구되는 재료라면 그들이 행동으로 보여줄 것이다. 소고기 사진을 보여준다. 그래, 고기는 다 같지. 그러면 직원이 손가락으로 '한자 영역'을 가리킬 것이다. 고기마다 등급 때문에 가격 차이가 심하다. 적당한 걸 고르면 된다. 소고기는 종류도 다양하다. 기름기가 적은 것도 많은 것도 있다. 그 정도까지는 소통이 되지 않으므로 대개 가장 무난한 종류를 가져다준다. 그렇게 한 상이 차려진다. 하하하!

자, 이렇게 하면 한자를 몰라도 훠궈를 주문할 수 있을 것이다. 이번 훠궈 한자 능력시험도 과락은 면했다. 합격과 불합격만 있는 시험이다. 다소 험난하게 느껴지겠지만, 천하를 얻으려면… 아니, 맛있는 훠궈를 먹으려면 이 정도 수고로움쯤이야. 다시 한자를 공부하는 것보단 낫지 않은가?

건대에 가면

건대에 갈 때면 번번이 신기하다는 생각이 든다. 상전벽해란 이런 걸 말하는 것일까? 훠궈를 찾아서 여의도까지 갔던 일, 새벽까지 훠궈를 먹을 수 있는 곳이 생겼다는 것에 신이 나 동대문 동북화과왕을 드나들었던 일, '신룽푸마라탕'에 가고 싶어서 일부러 명동에서 외근을 잡았던 일, 가로수길에 첫 마라탕 가게 '진스마라'가 생겨 뛸 듯이 기뻐했던 일들이 〈서울 훠궈, 격동 17년〉의 하이라이트 장면처럼 스쳐간다.

지금은 스타벅스보다 마라탕 가게가 더 많아졌다. 회사 근처에도 집 근처에도 마라탕 가게가 하나쯤이 아니라 서넛은 있다. 골목골목 어디에나 마라향이 솔솔 풍길 정도다. 그사이 건대는 샌프란시스코 차이나타운 못지 않은 차이나타운이 되었다. 한때 건대에서 무한리필 훠궈 식당을 순회하기도 했지만 훠궈 식당이 흔해진 지금은 카오위*나 마라닭, 우육탕면 같은 다른 요리를 맛보고 있다. 식재료 마트도 꼭 들른다. 훠궈 재료를 저렴하게 구할 수 있기

●   중국식 생선전골. 훠궈처럼 재료를 추가해 끓여 먹는다.

때문이다.

다른 나라의 마트 쇼핑을 좋아하는 사람들이 있다. 나 역시 그런 사람이지만 건대 골목의 식재료 마트는 뭐랄까, 모두를 대상으로 한 대형 마트나 아기자기한 동네 마트와는 달리 무심하기 그지없다. 오려면 와…. 사려면 사…. 그런 느낌이랄까? 아무래도 아는 사람들만 찾아오는 마트이기 때문인 것 같다고 추측해본다.

온라인으로 모든 걸 구할 수 있는 시대이고 훠궈 재료도 예외는 아니지만, 온라인으로 시켜보니 단점이 있었다. 주로 대용량이고 양을 가늠하기 쉽지 않았다. 비싼 배송비도 문제였다. 4인 식구가 1년을 먹어도 다 먹지 못할 양의 푸주를 들고 망연자실해보았다면 내 마음을 알 것이다. 무릇 식재료란 직접 보고 사는 게 제일이니까, 이왕 건대까지 간 기회를 놓칠 수 없다.

내가 찾는 마트는 한국인 취향의 재료도 잘 갖춰져 있고 주인이 친절한 곳인데, 아이돌 그룹 NCT 멤버들이 장을 본 후 유명해져서 멤버의 이름을 따

'천러 마트'로 불리는 모양이었다. '사러가 마트'처럼 잘 어울리는 것 같아서 나도 내심 '천러 마트'라고 생각하고 있다. (사실 간판을 한국식으로 읽으면 '왕부정 중국식품'이고 베이징의 '왕푸징' 거리를 딴 이름이 아닐까 싶다. 한자를 잘 몰라도 새빨간 간판에 '중국식품'이라고 쓰여 있어서 눈에 잘 띈다.)

마트 안에 들어서면 마치 중국에 온 듯해서 무척 설렌다. 여기까지 오느라 목이 마르다면 냉장고에 들어 있는 시원한 '삥훙차'를 하나 먹어보자. 중국은 물론 국내에서도 훠궈나 마라탕 가게에서 흔하게 파는 아이스티인데 마트가 훨씬 싸다. 내가 주로 구입하는 건 훠궈 재료, 소스, 그리고 간식으로 먹을 인스턴트 누들 등이다. 훠궈 베이스로 쓰는 소스도 비교적 익숙한 이금기, 하이디라오 외에 다양한 중국 식품회사 상품이 있어 새로운 것을 시도해볼 수 있다. 냉동고에는 만두나 완자류가 있다. 부산 어묵이 아닌 중국식으로 만든 생선완자를 훠궈에 넣고 싶다면 냉동고 체크도 잊지 말 것.

산초가루, 중국 흑식초, 마장도 챙긴다. 라오간마 소스도 없으면 하나 구입하기를. 마장에 라오간마 소스를 조금 넣고 파와 마늘을 넣으면 아주 괜찮은 훠궈 소스가 된다. 라오간마 소스는 특히 그 유명한 '천러 라면'*의 필수 재료이니 산 김에 시도해봐도 좋겠다. 단, 안에 들어 있는 재료에 따라 종류가 여러 개이므로 잘 보고 사야 한다. 중국 흑식초인 라오천추는 맛을 들이면 이거 없이 못 산다. 현대인의 구황작물인 냉동만두를 삶아서 라오천추를 찍어 먹으면 우리 집이 바로 풍미원산지!

중국술도 진열장에 가득하다. 소홍주로 삶은 새우에 도전하고 싶은 생각이 들지만 번번이 다음 기회로. 푸주와 두부피, 넙적한 당면도 많다. 푸주와 두부피는 김치찌개에 넣어도 아주 맛있는 재료다. 심지어 아무 라면에 넣어도 맛있다.

떨어진 재료를 보충했다면 이제 간식을 고를 차례. 중국에서 흔히 먹는 씨앗 과자 한두 봉지를 담는다. TV 볼 때 간식으로도 최고다. 여기에 신라면, 짜왕, 진짜 쫄면과 함께 집에 상비해두는 것이 중국 라

---

* NCT 멤버 천러가 유튜브에서 소개한 라면으로, 중국 라면에 토마토, 달걀, 라오간마 소스를 더해 만든다. 자세한 레시피는 〈천지의 이것저것 Ep.13〉을 참고.

면이다. 최근 나는 충칭식 인스턴트 라면인 '충칭소면'과 맵고 신맛이 나는 당면 국수인 '쏸라펀'에 중독되어 있다. 이 두 종류의 라면을 들고 갈 수 있을 만큼 담는다.

너무 인스턴트만 샀나? 신선한 채소를 더하자. 고수는 중국식품점이 월등히 저렴하다. 고수 한 묶음까지 담았으면 오늘 장 보기는 끝이다. 곳간이 그득해지니 마음의 포만감이 든다. 서울에 좀비 바이러스가 돌아 칩거하더라도 한 달은 끄떡없다.

베란다에서 자라는 고수

하루는 엄마가 너도 '고수'라는 걸 좋아하지 않냐고 물었다. "고수? 좋아하죠. 그런데 엄마는 안 드시잖아요?" "그런데 이번에 셋째 삼촌이 텃밭에 고수를 심어보겠다고 우리 집 근처 시장에서 씨앗을 구해달라더라."

그 순간 자세를 고치며 공손하게 말했다. 고수를 심으면 저도, 저도 조금 나눠달라고 말이다. 사연을 들어보니 나의 여러 외삼촌 중 두 분이 고수를 즐겨 드시게 된 듯했다. 그래서 큰 텃밭을 일구는 셋째 삼촌에게 고수 좀 키워보라고 주문을 넣은 것.

고수. 어떤 사람들은 입에도 대지 못하는 고수를 나는 참 좋아한다. 당연히 처음부터 고수를 좋아했던 건 아니다. 나도 여느 사람들처럼 "고수는 넣지 마세요."라는 말을 현지어로 바꿔 가슴에 소중하게 품고 여행을 떠났더랬다. 그럼에도 초대한 적 없는 고수가 접시 곳곳에 있었다. 파리에서도, 바르셀로나에서도, 홍콩에서도, 베트남에서도 말이다. 손바닥을 닮은 고수 이파리를 젓가락으로 일일이 건져도 봤지만, 고수를 다져서 소로 만들어버린 딤섬은 이미 한 몸이었고 역시 고수란 사람이 먹을 음식이 아니라며 몸서리를 쳤다.

하지만 세계적으로 흔히 쓰이는 허브인 고수라는 녀석은 어디에서나 나타났다. 기자가 된 후 해외 취재를 할 일이 많아졌고, 유명 셰프의 레스토랑이며, 미쉐린의 별을 받은 레스토랑이며, 그 지역만의 음식을 취재를 하는 일도 빠지지 않았다. 꿈 많은 초보 에디터라 누구보다 그럴듯해지고 싶었던 나는 고수를 못 먹는다고 말하기가 어쩐지 부끄러웠다. 미식을 다루는 기자라면 고수쯤이야 즐겨야 할 것도 같았다. 그래서 몇 번인가 눈을 질끈 감고 고수가 들어 있는 음식을 꼭꼭 씹어 넘겼다. 그렇게 네댓 번을 했더니 마치 비누를 먹는 듯했던 고수향이 어느새 그런대로 먹을 만해졌다. 조금 더 먹어보니 어쩐지 상큼하기도 하고 고소하기도 했다. 고수만의 향기에 눈을 떠버린 것이다.

지금은 동네 마트에 신선한 고수가 나오면 바로 집어 든다. 그렇게 산 고수는 가볍게 샐러드처럼 버무려 먹거나, 토마토를 넣어 살사 소스를 만들거나, 라면을 끓인 후 수북하게 얹어 먹는다. 그 외에도 고수 활용법은 무궁무진하다. 만약 아직 고수를 꺼린다면, 시도는 해보라고 권하고 싶다. 어느새 고수가 새로운 맛의 세계를 열어줄 수도 있으니까. 물론, 훠궈와도 더없이 잘 어울린다.

몇 주 후에 고수 뿌리 몇 개가 모종용 플라스틱 화분에 담겨 우리 집에 왔다. 나는 흰 바탕에 파란 꽃무늬가 있는, 내 딴에는 중국풍 도기 화분을 골라 고수를 정성껏 옮겨 심었다. 햇볕이 가장 잘 드는 곳에 두었다가, 양지보다는 그늘에서 키우는 게 좋다고 해서 얼른 구석으로 옮겼다.

고수는 쑥쑥 자랐다. 집에서 훠궈나 마라탕을 먹을 때면 나는 꽃가위를 들고 고수 화분에서 고수를 잘라내었다. 파스타를 만들 때 바질 화분에서 이파리를 따듯, 고수 화분에서 고수잎을 끊어내었다. 그 신선한 내음이란…! 고수잎을 솔솔 뿌리면 인스턴트 마라탕면도 일순간 고급의 향을 뿜어낸다.

고수는 정말로 대단하다. 생명력도 대단해서 당분간 고수 먹을 걱정은 안 해도 될 것 같다.

오늘 꼭 먹어야 하는 이유

날이 추워져서. 날이 더워져서. 비가 와서. 배가 고파서. 어쩐지 마음이 허전해서. 기력이 없어서. 즐거운 식사를 하고 싶어서. 훠궈를 좋아하는 사람들과 만나서. 당신이 훠궈를 안 먹어봤다고 해서. 긴 여행에서 돌아와서. 계절이 바뀌어서. 스트레스를 받아서. 생일이라서. 마감이니까. 새로운 훠궈 레스토랑이 궁금해서. 점심으로 간단하게. 저녁으로 든든하게. 야식으로 재미있게. 그때 그 재료를 못 먹어서. 새로운 재료를 시도하기 위해서.

뭐, 그냥….

지금은 갈 수 없는 청두를 위하여

훠궈를 먹으며 같이 원대한 꿈을 꾼 친구들이 있었다. 출판인이자 글을 쓰는 S와 P였다. 늘 일과 육아에 매인 S는 포상휴가를 꿈꿨고, P는 내가 아는 여성 중 가장 대식가였다. 그리고 나는 P에게 목화 씨 대신 훠궈를 전파한 주역이었다. 그들은 나를 '훠 궈 프린세스'라고 불렀다.

우리는 그날도 훠궈를 끓이며 서울에서 먹는 훠 궈도 이렇게 맛있는데 쓰촨에서 먹는 훠궈는 얼마나 맛있을까 같은 이야기를 했다. S는 중화권에서 훠궈를 먹어본 경험이 있어서 "대만만 가도 맛있더라." 라고 했고, 나도 "중국 여러 도시에서 훠궈를 먹어보 았지만 쓰촨의 맛을 상상하면 더욱 군침이 돈다."라 고 거들었다. 우리는 "쓰촨에서 훠궈 먹고 싶다."라고 누가 먼저랄 것 없이 외쳤다. 나는 "(마감만 피하면) 항 상 갈 수 있다. 나는 자유의 몸!"이라고 했고, S는 "허 락받으면 갈 수 있다. 기획을 빙자할 수도 있을 것." 이라고 했고, S의 동료인 P는 "S가 갈 수 있으면 나 도 갈 수 있다."라고 했다. 그래도 넷이면 더 좋겠다 고 생각하며 나머지 한 명을 섭외했다. 프로젝트의 이름은 '훠궈 원정대'로 붙여졌다.

그래도 우리가 잡지든, 단행본이든, 책을 만들고 사랑하는 사람들 아닌가. 그래서 충칭보다는 청두에 흥미가 갔다. 훠궈가 주목적이지만 두보의 고향에 다녀왔다고 하면 사람들도 동의할 것 같았다. 판다도 볼 수 있지 않나. 이후 나는 틈틈이 중국계 친구들에게 정보를 모았다. 청두에 사는 저널리스트 친구는 가장 여행하기 좋은 때로 5월과 6월을 추천했다. 자신의 집에 초대해 어머니의 손맛을 보여주겠다고도 했다. 6월이면 잡지의 시간으로는 비교적 여유가 있는 때라 여러모로 좋았다. 여행 정보도 챙겼다. 좀 먹을 줄 아는 도시여서 그런지 웬만한 비즈니스호텔의 조식 메뉴도 끝내줬다. 떠나지 않고도 이미 환상적이었다. 어떤 호텔은 호텔 안에 훠궈 식당이 있었다. 훠궈를 먹고 맥주를 딱 한 병 마신 다음 흥얼흥얼 취해서 호텔 엘리베이터를 타고 방에 누우면 얼마나 좋을까! (나와 P의 주량은 맥주 한 병이다. 세상엔 우리 같은 사람도 있다.)

청두에 갈 거라고 소문을 냈다. 응, 거긴 청도, 칭다오고. 응, 맥주가 아니라 마파두부가 유명한 곳이라고.

그런 와중에 이 책을 쓰게 되었다. 책의 마지막을 청두에서 훠궈 먹는 이야기로 끝내면 완벽한 기승전결이자 해피엔딩이 될 것 같았다. 그러나 다들 예상하다시피 그 일은 일어나지 않았다. 2020년 2월 뉴스에서는 심상치 않은 바이러스성 폐렴에 대한 보도가 조금씩 흘러나왔고, 전 세계적 팬데믹이 시작되어 지금도 진행 중이다.

한 달에 두 번도 떠났던 해외 출장이 모두 멈췄다. 이국의 구석구석을 여행하던 시절이 불과 1년쯤 전인데도 모든 게 멈추고 보니 아주 먼 시절의 이야기가 된 것만 같다. 한여름에 화보 촬영을 위해 간 영종도에서 2020년 처음으로 공항을 보았다. 공항은 텅 비어 있었고, 비행기는 발이 묶인 새 같았다. 무엇보다 고요했다. 그 고요함이 너무나 낯설었다.

그리하여 나는 청두에 가지 못했고, 이 책에는 청두에서 훠궈를 먹은 이야기는 없다. 우리는 대신 가로수길에 생긴 청두 훠궈 체인점의 한국 분점에서 만났다. 하지만 우리가 여기에서 변함없는 일상을 이어가듯, 이 지구의 사람들도 변함없이 음식을 먹으며 모든 상황이 나아지기를 바라고 있을 거란 연대감을 느낀다. 훠궈를 끓이는 시간만큼은 예전과 조금도 다르지 않을 것이다. 나는 여기에서, 그들은 거기에서. 훠궈 냄비는 여전히 뜨겁게 끓고 있을 것이다. 그래서 지금은 아쉬운 마음을 접어둔 채 이렇게 말할 수밖에 없다.

　잘 지내시나요? 상황이 좋아지면, 모든 것이 제자리를 찾게 되면 꼭 찾아가겠어요. 아주 뜨겁고 향기로운 훠궈가 있는 도시를.

008　　　　　　휘귀

내가 사랑하는 빨강

1판 1쇄 찍음 2021년 2월 26일　　　지은이 허윤선
1판 1쇄 펴냄 2021년 3월 5일

편집 김지향 김수연
교정교열 안강휘
디자인 박연미
판화 아티스트 프루프
미술 이미화 김낙훈 한나은
마케팅 정대용 허진호 김채훈 홍수현 이지원
온라인마케팅 유선사
홍보 이시윤
제작 박성래 임지헌 김한수 이인선
관리 박경희 김하림 김지현

펴낸이 박상준
펴낸곳 세미콜론
출판등록 1997. 3. 24. (제16-1444호)
06027 서울특별시 강남구 도산대로1길 62
대표전화 515-2000
팩시밀리 515-2007
편집부 517-4263　　　　　　세미콜론은 민음사 출판그룹의
팩시밀리 515-2329　　　　　　만화·예술·라이프스타일 브랜드입니다.
　　　　　　　　　　　　　　　　www.semicolon.co.kr
ISBN
979-11-91187-68-7 03810　　　트위터 semicolon_books
　　　　　　　　　　　　　　　인스타그램 semicolon.books
　　　　　　　　　　　　　　　페이스북 SemicolonBooks
　　　　　　　　　　　　　　　유튜브 세미콜론TV